Piccola Biblioteca Oscar

PUPI AVATI

LA SECONDA NOTTE DI NOZZE

OSCAR MONDADORI

I edizione Piccola Biblioteca Oscar maggio 2005

ISBN 88-04-54519-4

Questo volume è stato stampato
presso Mondadori Printing S.p.A.
Stabilimento NSM - Cles (TN)
Stampato in Italia. Printed in Italy

www.librimondadori.it

La seconda notte di nozze

La voce di Giordano Ricci era torbida, incerta, arrochita:

«Due notti dopo che qui era finita la guerra e tutti stavano a guardare le stelle, con le luci accese, senza più paura dei bombardamenti, Maria trovò una bicicletta senza gomme nel campo dei meloni e ci andò sopra e mentre pedalava saltò in aria. Aveva nove anni e fece una gran luce.»

Torre Canne (Puglia)

I ragazzetti, disposti lungo il margine della strada, seguivano con tensione estrema il procedere cauto di un omone dalla barba ispida, fra le sterpaglie del grande campo incolto.

Giordano Ricci aveva il capo protetto da un elmetto militare tedesco e il torace chiuso da due pezzi di lamiera stretti da cinghie di cuoio.

Con l'estremità di una lunga pertica dalla quale pendeva a mo' di amo una calamita, sondava il mare di erbacce che aveva davanti a sé procedendo con cautela estrema senza lasciare inesplorata alcuna porzione di prato.

Finalmente il magnete aderì a qualcosa di sospetto.

Lui si girò con occhi colmi di luce verso i ragazzini accrescendone l'eccitazione a dismisura.

Depositò a terra la pertica affrontando circospetto i pochi metri che lo separavano dalla sua scoperta.

Scostando con grande prudenza le sterpaglie raggiunse un proiettile di mortaio inesploso semiconficcato nel terreno.

Restò qualche istante a fissarlo, come ammaliato, mentre una sorta di commozione gli rendeva lo sguardo più acquoso.

Estrasse dalla tasca posteriore dei pantaloni un fazzoletto che legò agli sterpi a mo' di segnale.

Poi, retrocedendo, versò sul terreno, da una tanica militare, un tortuoso rigagnolo di benzina.

Una trentina di passi lo separavano ormai dal proiettile quando si risollevò liberandosi dell'elmetto e asciugandosi il sudore.

«Tutti giù adesso!» urlò ai ragazzetti, lesti nell'obbedire.

Chi con le mani si proteggeva le orecchie, chi gli occhi, chi si raggomitolava su se stesso.

Un'attesa colma di tensione. Troppa.

«Allora?» urlò impaziente uno di loro risollevandosi.

«Sto orinando!» si giustificò dal campo Giordano Ricci con voce gutturale, come una sorta di indugio della lingua fra i denti.

I ragazzini ridevano divertiti.

Anche lui rise compiaciuto della sua battuta, pisciando sull'erba medica.

Dovette sprecare tre zolfanelli prima di riuscire a far prendere fuoco alla benzina.

La fiamma si slanciò turbinando in direzione dell'ordigno, infuocando le sterpaglie tutt'intorno.

L'artificiere attese acquattato, gli occhi socchiusi.

All'improvviso, nel vasto silenzio, si levò una liberatoria deflagrazione.

I ragazzi si risollevarono di scatto, gridando festosi.

Nello sguardo di Giordano riluceva una soddisfazione piena.

Bologna

Mai Bologna fu così brutta come in quella prima estate del dopoguerra italiano.

Mai il sole fu così impietoso nel disvelare le atroci ferite dei bombardamenti.

Tutto ciò che era sopravvissuto, la gente e le cose, retto da precari sostegni in un vacillante equilibrio.

Tuttavia, nel vasto perimetro della sofferenza, qualche eccezione, rappresentata da chi da quel grande sconquasso aveva tratto vantaggio, superando la prova con cinismo e fortuna.

Furono quei pochi i primi a riemergere dal baratro riguadagnando posizioni nel vertice sociale, inscenando salotti di proficui incontri e di parole moderne:

«Nessuno gradisce un altro cocktail tre-luci...? Guardate che poi il mio Morgan si offende» domandò ai suoi ospiti una donna formosa dai capelli imprudentemente gialli.

«Mi dispiace di dovermene andare, ma la mia attività cinematografica mi attende» replicò un ragazzone alto, dallo sguardo inquieto, riconducibile nell'aspetto a quella rarissima specie del genere umano che non sai se attribuire al mondo dei belli o a quello dei brutti.

«Finalmente possiamo dire di aver conosciuto l'istruttore

di guida della mia Clara...» ribatté la padrona di casa «comunque non potete lasciarci così senza averci raccontato niente di quella vostra... amicizia...»

Nino Ricci, lusingato dalla sollecitazione che forse attendeva da tempo, si strinse nelle spalle avvertendo l'interesse generale.

«Mah... a parte la mia attività al cinema Nosadella... ho un rapporto di stretta amicizia con il divo di Cinecittà Enzo Fiermonte...»

«Chi?»

«Enzo Fiermonte,» rispose Nino «il protagonista di *Spie fra le eliche*, dell'*Ultimo combattimento...*» nel contempo aveva estratto una foto autografata dalla tasca della giacca.

Il ritratto passò di mano in mano.

«A Nino, con l'augurio che presto sia lui ad autografarmi una sua foto... Enzo Fiermonte...» disse il ragazzo citando la dedica a memoria. «Purtroppo è scomparso... si dice che si sia ritirato dal cinema, come tutte le stelle, nel momento del loro più grande splendore...» aggiunse recuperando la foto e guardandola con struggimento un'ultima volta. «Eppure ci eravamo promessi di affrontare grandi avventure cinematografiche spalla a spalla... comunque arrivederci a tutti e viva il cinematografo e il cocktail tre-luci!»

«Viva il cinematografo!» condivise la donna dai capelli gialli.

Tutti i presenti ricambiarono il saluto mentre la sgraziata Clara, una corpacciuta morona al di sotto della ventina, lo scortava verso la porta d'ingresso.

Nino Ricci recuperò il suo cappello da un attaccapanni ingombro di indumenti.

«È stata una festa magnifica, stile Cinecittà.»

«Se fossi rimasto ancora,» gli bisbigliava lei con tono di rammarico «mi facevo toccare...»

Nino la fissò cercando di sorriderle.

«Ti ho già toccata ieri, Clara... e mi sembra mica poco...»

«Cosa c'entra...? Ieri era ieri e oggi...» si sdilinquiva lei.

«Mica si può fare così spesso... altrimenti lo sai che i maschi si ammalano...»

«Domani però rifacciamo lezione in collina.»

«Va bene.»

«Guida fra i cespugli fitti fitti...»

«Certo» rispose lui con sollievo liberatorio aprendo la porta che dava sul pianerottolo.

«Vengo senza mutande» gli promise la cicciosa fanciulla.

«Sei matta!» protestò lui, che era ormai interamente in salvo.

«Allora ci diciamo ciao» gli propose Clara in attesa di un bacio.

«Diciamocelo» convenne lui già sulle scale.

Raggiunse il portone che dava sulla strada.

Si era incamminato a passo svelto lungo il marciapiede deserto quando si sentì chiamare dall'alto.

«Scusate, voi!»

Sollevò lo sguardo.

Affacciata a una delle finestre del palazzo c'era la biondissima madre di Clara.

«Dite a me?» domandò Nino.

«Sì, voi!»

«Cosa c'è?»

«Potete aspettare un attimo per favore?!» gridava la donna mentre alle altre finestre si andavano via via affacciando tutti gli ospiti della festa.

«È questione di un attimo!» lo rassicurava lei dall'alto.

«Non capisco!» replicò il giovane, interdetto nel vedere

due energumeni emergere dal portone e proiettarsi contro di lui con tutta la loro gagliardia.

«Ma cosa fate, siete pazzi?!» urlò Nino. «Aiuto, aiuto!»

Ma i due lo avevano ormai immobilizzato e lo stavano perquisendo.

Dalla fodera della giacca, dalle tasche e persino dai risvolti dei pantaloni emersero tre sottopiatti e una decina di cucchiaini d'argento.

Gli ospiti, affacciati alle finestre, esultavano, manifestando con risate e grida la loro soddisfazione.

«È un equivoco assurdo» gridava Nino Ricci mentre l'ennesimo cucchiaino tintinnava sul selciato.

Qualche passante si era fermato incuriosito.

Solo Clara, nello spiraglio di una finestra, piangeva la fine di un grande amore.

Nino, ormai solo, si ricompose, farfugliando il suo disappunto nei confronti del mondo e recuperando dal marciapiede la foto impolverata del suo idolo.

Torre Canne

La masseria dei Ricci era un edificio possente, accúmulo dei fabbricati più diversi adibiti un tempo ad alloggi, a ricovero di barrocci o masserizie, a stalle.

Una donnona alta, sulla sessantina, dai capelli tinti di un nero lucente, affacciata a una delle finestre del piano terra, urlava in direzione dell'uliveto.

«Giordano! C'è da fare il conto! Muoviti!»

«Suntina, smettila!» le rispose l'artificiere che, in prossimità di un pozzo, si stava liberando delle lastre di ferro. «Sto venendo!»

Nella piccola sala da pranzo, disseminate un po' ovunque, su ripiani, scansie, tavolinetti, bomboniere di varie fattezze e dimensioni e materiali. In ceramica, pizzo, alpacca, velo, latta. A forma di cuore, di girasole, di automobile o di elefante o di veliero.

Una donnetta di mezza età era in attesa.

«Ma è vero che sta sminando tutti i campi qui intorno?» domandava.

«Purtroppo sì» le rispose l'Eugenia, una settantenne minuta protetta da un immacolato grembiule.

«Ma non è pericoloso?»

«Provate a dirglielo voi... è da quando è successa quella disgrazia a quella bambina...»

«Quindi tutte le cure di Bari non sono servite a niente?»

«Poco...» sussurrò la Suntina mentre Giordano faceva il suo ingresso.

«Al primo cliente della giornata va detto "buongiorno" tre volte... lo sapevate?» farfugliò.

«So che ho fretta» replicò la cliente.

Giordano, con estrema flemma, recuperò dal fondo di un cassetto un quadernetto, un calamaio e una penna.

«La carta assorbente?» si domandò smarrito.

«Eccola.»

«Senza la carta assorbente non si può scrivere niente...» affermò sedendosi. «È una rima del professor Ravaglia...» aggiunse fissando le bomboniere che la donna aveva davanti a sé.

«Allora ne avete prese tre da una lira... sei da una e cinquanta...»

Bologna

Nino Ricci, prigioniero di una consunta giacchetta bianca, emerse da sotto lo schermo facendolo ondeggiare e imponendo un trasalimento alle ultime immagini del film.

«Lupini, caramelle, aranciate...» annunciava allo scarso pubblico che occupava la sala fatiscente.

Percorse senza esito la corsia centrale fra le sedie di compensato, nell'indifferenza delle poche coppiette, di qualche fumatore solitario e di un gruppetto di ragazzetti dai foruncoli turgidi.

Nell'atrio un tizio dalla faccia da galera controllava l'incasso.

«Ma un bel film con Enzo Fiermonte quand'è che lo rifate?» gli domandò Nino poggiando la cassetta delle bibite invendute sul bancone.

«Com'è che anche ieri non hai versato l'incasso?» gli chiese con tono aggressivo l'uomo.

«Ritenevo di versarlo a fine settimana...»

«E io ritenevo di mandarti a fare in culo...»

Nino cercò un sorriso conciliante.

«Nel senso che non volete più giovarvi di me?»

«Proprio in quel senso lì...»

I due ora si fissavano.

«Ma lo pensate ancora che sono il migliore?» azzardò il ragazzo.

«Certo... ma adesso molla qui la cassetta e la giacca e vai a fare delle pugnette da qui al Polo Nord...» disse l'esercente cinematografico con ruvidezza e limitata considerazione professionale.

Torre Canne

«Stanotte ho pensato di regalare l'uliveto alla Rosalia» annunciò Giordano riponendo nel cassetto il quadernetto con la penna e l'inchiostro.

La Suntina e l'Eugenia impallidirono.

«Quale Rosalia?»

«Quella che gli è morta la figlia sulla mina...» rispose lui.

«Ma sei pazzo,» insorse l'Eugenia «guarda che non puoi...»

«Sì che posso... l'ha detto anche il notaio che posso... che è tutta roba mia...»

La Suntina gli si fece sotto fissandolo.

«Ma lo sai almeno il dispiacere che ci daresti?! Te ne rendi conto sì o no?!»

Lui parve smarrire una buona porzione della sua sicurezza.

«Mi piacerebbe farlo...» biascicò.

«Allora ti piacerebbe vederci morire stecchite... qui... sul pavimento... tutte e due...» lo minacciava l'Eugenia.

«No che non mi piacerebbe... non mi... lo sapete...» balbettò lui cercando di sorridere.

«Pensa alla fatica dei tuoi per mettere insieme tutta questa roba e tu la regali così...» insisteva la Suntina.

«Più di trecento piantoni con tutto l'olio che fanno...» sottolineava l'Eugenia.

Giordano annuiva a se stesso come per convincersi.

«Però mi sarebbe piaciuto...» ripeté raggiungendo la porta. «Piaciuto... almeno mi sarebbe...» aggiunse prima di uscire.

Le due donne, rimaste sole, si guardarono cercando di considerare superata la crisi.

«Quel notaio è pazzo a non farlo ancora interdire...» disse l'Eugenia in debito di ossigeno. «Lo vedi cos'è capace di inventarsi?»

La Suntina, esangue, annuiva nel grande silenzio.

Bologna

Il meccanico era disteso sotto l'unica vettura che occupava lo spazio angusto della modesta officina.

«L'ho trovato!» annunciò Nino avvicinandosi.

L'uomo sospinse l'asse su cuscinetti sulla quale era disteso emergendo da sotto la macchina.

«Vedere...» disse con tono diffidente.

Si era rialzato.

Nino gli porse un piccolo congegno dal quale pendevano due moncherini di filo elettrico.

Il meccanico, per poterlo valutare, si portò verso la luce che proveniva dalla strada.

Ma il giovane lo trattenne per una manica della tuta.

«Ma no... non là... meglio dentro...»

«Di cosa hai paura?»

«Di niente, è che c'è un sacco di gente invidiosa...»

«È ancora caldo... l'hai rubato.»

«Scherzi...?» ribatté Nino con la faccia di chi mente. «Mica è la prima volta che ti rifornisco...»

L'uomo si era avvicinato al bancone e, inforcato un paio di occhiali, esaminava con attenzione il congegno.

«Ti do sei uova...» gli sparò a bruciapelo. «Non una di più.»

«Per uno spinterogeno così?»

«Se no lo riporti al suo padrone con tante scuse...» Il meccanico fece il gesto di restituirglielo.

«Visto che al lavoro mi hanno dato le ferie... quel viaggetto a Rimini... almeno quello?»

Il meccanico compose un numero al telefono a gettoni del bar biliardo.

Nino gli era accanto, tesissimo.

«Pronto, sono Aldo... ho trovato quello spinterogeno... be', certo che se lo sono fatti pagare, ma la macchina adesso è perfetta, in grado di partire... avrei trovato anche l'autista... garantisco io, è mio cugino...»

Nino lo guardò annuendo con sguardo complice.

«Un attimo...» il meccanico coprì la cornetta con una mano. «Come ti chiami?»

«Nino Ricci.»

«Nino Ricci... sì, sì... cugino... di mia fiducia... lo avviso io... buonasera, signora...»

Riattaccò.

«Allora?» gli domandò ansioso il ragazzo.

«Venerdì sera vai a caricare e sabato mattina partite... così ti fai un bel bagno anche te...»

«Grazie.»

«Se vengo a sapere che hai fatto il furbo, ti rompo le gambe...»

«Ma scherzi, vero?»

Torre Canne

Un ragazzetto percorreva a cavalcioni della sua motoretta la strada bianca che rasentava il mare alzando polvere verso il cielo mentre il motore urlava la sua potenza alla natura circostante.

Il piccolo bolide raggiunse con alto frastuono la grande aia antistante la masseria.

L'Eugenia comparve nel vano della porta d'ingresso dell'edificio principale mentre il motociclista saliva i pochi gradini della scala di pietra.

«Cosa vuoi?» gli domandò lei preoccupata.

«Per vostro nipote» rispose lui porgendole una busta che aveva estratto da una sacchetta di tela.

«Cos'è?» gli domandò ancora lei con diffidenza somma.

«Una lettera» rispose il ragazzo divertito dall'ingenuità della domanda.

Nell'enorme cucina la Suntina stava facendo pencolare sulla fiamma del camino un grande paiolo di rame colmo di un intruglio di mandorle e zucchero fuso.

«C'è una lettera per te...» annunciò l'Eugenia facendo il suo ingresso e rivolgendosi a Giordano che, con calligrafia svolazzante, stava vergando minutissimi cartoncini.

«Per me?» le domandò sorpreso l'artificiere fissando con sgomento la busta che la donna gli porgeva. «E chi mi scriverebbe a me?»

«Se non la apri, non lo sai...» gli suggerì sorridendo la Suntina che nel frattempo aveva impresso alla pentola oscillazioni sempre più ardite.

Giordano rigirò più volte la busta fra le mani scuotendo il capo insoddisfatto.

«Allora?» gli domandò l'Eugenia che stava riempiendo sacchettini di pizzo di candidi confetti.

«Cosa?»

«Non la apri?»

«Dopo» rispose lui poggiando la missiva sul ripiano del tavolo e intingendo il pennino nel calamaio della china.

«Che paura hai?» insisteva la Suntina.

«Non lo so» rispose lui. «Se lo sapessi, lo direi... non lo so...»

Le due donne si scambiarono un'occhiata.

«Vuoi che la leggiamo prima noi?» gli propose l'Eugenia.

«No» rispose perentorio l'artificiere. «Se è per me è per me... è per...»

Ricominciò ad arricchire di preziosi svolazzi i minuscoli cartoncini.

Solo a tratti sollevava lo sguardo per lanciare occhiate furtive a quella misteriosa missiva.

Mangiavano.

La tavola apparecchiata con cura nella piccola sala da pranzo debolmente rischiarata da due lumi a petrolio.

«E chi potrebbe essere?» si domandava la Suntina spremendo limone nell'acqua del suo bicchiere, intorbidendola.

«Non c'è nessuno al mondo che possa scrivermi» decretò lui rigirando con una forchetta l'insalata. «Tutti quelli che potevano scrivermi sono al cimitero...»

L'Eugenia si fece un rapido segno di croce.

«Non vedi che metti tutta l'insalata fuori dal piatto...?» gli disse la Suntina.

«Se mi piace così non va bene?» domandò lui come in cerca di rogne.

Le due donne non replicarono.

«Se mi piace mangiare l'insalata fuori dal piatto non va bene?» insisteva lui rovesciando il contenuto della scodella sulla tovaglia. «Non va bene?»

Bologna

Anche Nino Ricci fece un rapido segno di croce entrando nella penombra della grande chiesa e avviandosi verso la sagrestia.

L'intero ambiente, suddiviso da tende di fortuna in una serie di piccoli locali destinati agli sfollati, era invaso dal vapore.

Un uomo, nello spazio comune, stava lavando i capelli a un bambino recalcitrante.

«Il parroco dice che ce ne dobbiamo andare» comunicò a Nino.

«Lo immaginavo» mugugnò il ragazzo scomparendo al di là di una delle tende.

Una donna sulla quarantina stava apparecchiando con stoviglie di fortuna una piccola tavola posta al centro dell'angusto locale.

La trascuratezza dell'abito, i capelli in disordine, non riuscivano a cancellare la sua procace avvenenza.

Accanto a lei un uomo di oltre un quintale in uniforme da cameriere.

Si chiamava Covicchio e aveva sul viso un paio di baffi neri e un sorriso sarcastico.

«Quando si va a tavola tuo figlio arriva sempre, come se avesse le antenne...» commentò divertito.

«Fino a prova contraria questa è casa nostra, vero, mamma?» replicò Nino risentito.

«Ancora per poco» ringhiò il cameriere cercando di collocare il suo voluminoso sedere al centro di uno sgabello da pianoforte.

«È venuto il parroco... dice che debbono riprendere le fun...» provò a dire Liliana Ricci.

«Lo so, mamma!» insorse il figlio esasperato. «Ma che razza di cristiani sono?!»

«Com'è che al cinema hai finito prima?»

«Ho preso le ferie.»

«Ma se ci lavori da tre giorni...»

«Le ho prese uguale...» replicò Nino estraendo dalle tasche della giacca le uova e deponendole sul tavolo.

«Cos'è: la liquidazione?» gli domandò con tono sfottente Covicchio.

«Certo che se andassi a rubare sarebbe più facile...» intervenne pietosa Liliana. «Diglielo al signor Covicchio...»

«Ma se lo sa benissimo...» replicò Nino lasciandosi cadere su una delle due brandine e togliendosi le scarpe.

Dietro di lui, appeso alla parete, un grande manifesto del film *L'ultimo combattimento* con in grande evidenza il nome di Enzo Fiermonte.

«Venerdì» disse Nino.

«Venerdì cosa?» gli chiese la madre.

«Tolgo il disturbo.»

«Cioè?» domandò lei angustiata.

«Un lavoro di grande responsabilità...» rispose il ragazzo. «Porto un professore dell'università e sua moglie fino a Rimini... con una macchina tutta rimessa a nuovo...»

«E ti pagano?»

«Be', direi...» Nino Ricci si godeva lo stupore che aveva suscitato.

«E perché non ce l'hai detto subito?» gli chiedeva la madre emozionata.

«Così» rispose lui laconico, sorridendo e sfilandosi i pantaloni.

Torre Canne

Anche Giordano si stava togliendo i pantaloni.

Quando la Suntina, in camicia da notte, si affacciò alla porta della sua stanza, lui fu rapido nel celare una fotografia poggiata sul cuscino.

«L'Eugenia è convinta che non la vuoi aprire perché hai paura che sia dei professori di Bari...»

Lui l'ascoltava in silenzio, senza guardarla.

«... Lo sai di essere guarito... che sono già passati tanti anni... che quei professori non ti debbono più fare niente...»

Giordano la scrutava annuendo con occhi gonfi.

Bologna

Covicchio snodò i quattro capi di una candida tovaglia liberando un paio di zuppiere che depose con sacralità sul tavolo.

«Tagliatelle al prosciutto» annunciava. «Lo chef ha sbagliato la cottura...»

Liliana e Nino colmarono i loro piatti.

«E questa è la zuppa inglese che quel deficiente ci ha messo il bicarbonato invece dello zucchero a velo... però si digerisce meglio...»

Liliana ingurgitò la prima forchettata di tagliatelle.

«Sono un bel pappone» commentò con voce strozzata. «Se non stai attento ti soffocano.»

«Fanno proprio schifo» aggiunse Nino.

«Lamentati pure» replicò Covicchio. «Comunque io e te dobbiamo fare due chiacchiere...»

I due uomini fumavano mozziconi nel buio del lungo porticato di via San Vitale.

«Sul tram di Saragozza hanno arrestato uno che rubava i bottoni...» raccontava Nino «dalle giacche, dai pantaloni, dai cappotti, da tutto...»

«Senti, merda,» sibilò il cameriere disinteressato al racconto «perché ti ho presentato alla figlia dei Loré?»

«Perché le dessi lezioni di guida» rispose Nino cercando di dimostrare la propria estraneità a qualsivoglia evento.

«Tu l'hai capito subito che quel cessone non aveva mai visto un ragazzo neanche con il binocolo...»

«Be', ci voleva poco» convenne lui.

«E un bidone così ti ha eccitato proprio a te...»

«L'amore è un po' cieco...» rispose Nino avvertendo l'imminente catastrofe.

«Quello l'hanno beccato coi bottoni... e te?»

«Io cosa?» Nino seppe di essere impallidito in modo irrimediabile, evidente anche in quella condizione di luce.

«Te ti hanno beccato con più di mezzo chilo d'argento addosso...»

«Scherzate...» farfugliò lui alla ricerca di un'espressione qualsiasi.

«Se non ti denunciano è perché gli ho detto che sei rimasto senza padre da sei mesi e che sei deficiente... rimbambito dal dolore... che non sai cosa fai...»

«È così» confermò lui a mezza bocca.

«Se ci riprovi ti tiro giù tutti i denti con un cazzotto...» precisò il signor Covicchio avviandosi verso l'ingresso della chiesa. «E adesso aspetta una mezz'ora buona prima di farti rivedere dentro... intesi?»

Nino si strinse nelle spalle.

«Avete detto tutto voi» mugugnò al buio denso del porticato «senza lasciare che uno si possa spiegare... se questa è democrazia... non lo so...» aggiunse nel silenzio della notte bolognese.

Torre Canne

Giordano, in camicia da notte, percorreva a piedi nudi il lungo corridoio che conduceva alla cucina.

All'improvviso il baluginio di uno zolfanello che infiammò lo stoppino di una lampada.

Giordano aprì la lettera con attenzione estrema lacerando il bordo della busta con la lama di un coltellino tascabile.

Aprì quindi la missiva avvicinandola al lume e avviandone la lettura.

«Caro cognato, spero di trovarvi vivente e che vi rammentiate di me. Sono Liliana Vespero, vedova di vostro fratello Edgardo Ricci di Torre Canne...»

Furono sufficienti queste poche righe per produrre nell'artificiere un turbamento senza eguali, inducendolo a controllare il tremore delle mani, per cercar di placare l'agitazione che ribolliva in lui.

Trattenne a stento l'impellente, improvvisa necessità di orinare, accavallando le gambe.

Non voleva sospendere neppure per un istante la lettura.

"... In tutti questi anni non ci siamo scritti per obbedire alla volontà del povero babbo che pretese troncassi ogni rapporto con la vostra famiglia dopo lo scandalo e le affrettate nozze..."

Giordano non riuscì a trattenersi oltre.

Si alzò rapido dirigendosi con il lume in mano verso l'esterno.

Ripercorse rapido il corridoio senza staccare gli occhi dal manoscritto.

"... So che già da mesi vi è stata comunicata la notizia del decesso del vostro buon fratello Edgardo, perito durante uno degli ultimi bombardamenti che hanno colpito la nostra bella città..."

Giordano, la lampada poggiata su un gradino della scala, pisciava contro il muro esterno continuando a leggere.

"... Molto spesso ci siamo trovati a parlare di voi, delle nostre estati nella vostra casa vicina al mare e della felicità che là abbiamo vissuto e che ormai non è che un ricordo remoto destinata a mai più ritornare..."

Gli occhi dell'uomo erano rossi di lacrime belle.

Bologna

Madre e figlio, coricati nelle rispettive brandine, parevano stentare a prendere sonno.

«Questo letto sta tutto storto... deve aver ceduto da qualche parte...» diceva Liliana.

«Per forza,» le rispose Nino dal buio «col peso di quel maiale...»

La madre non replicò.

«Il babbo, anche se parlava poco, era un elegantone, faceva ballare le donne, stava sempre ad ascoltare la radio, faceva le parole crociate... ma questo qua, se fossi una donna, mi farebbe proprio schifo...»

«Silenzio... qui si dorme!» urlò un tizio provocando i vagiti di un neonato.

Nino ora sussurrava.

«Io non so cosa ci trovi... a parte che ci fa mangiare...»

La madre non replicò, soffiandosi il naso.

«Piangi?» le domandò il figlio.

«Non capisci i sacrifici che sto facendo per te...» biascicava fra i singhiozzi. «Credi davvero che mi piaccia quello... che sia divertente quando siamo soli e mi chiede di... lascia perdere...»

«E allora, se ti fa schifo, mandalo a quel paese...»

«E come campiamo...? Con sei uova ogni quindici giorni e un viaggio a Rimini che sembra un miracolo...» diceva lei. «E da domani siamo senza casa...»

«Se questo è il problema, troviamo un altro che faccia meno schifo...»

«Trovamelo te...» ribatté la madre.

«Ma sì... adesso vado a cercare uno che vada a letto con mia madre... anch'io ho la mia dignità... trovatelo te!»

Liliana si limitò a dare continuità al suo pianto mentre via via il silenzio si impossessava nuovamente della grande sagrestia.

Torre Canne

Giordano, sventolando la missiva, non attese che albeggiasse, per svegliare le due povere zie.

«Guardate!» urlava. «Guardate chi è!»

L'Eugenia leggeva a voce alta con manifesta preoccupazione.

«Il vuoto che ha lasciato in me è colmato solo dalla presenza del nostro Nino, un ragazzo molto volonteroso che, malgrado i tanti tentativi, non riesce a veder realizzati i suoi sogni.»

Giordano, davanti alla finestra, nell'umida prima luce del giorno, anticipava bisbigliando il contenuto della lettera che ormai conosceva a memoria.

«... Con sincero e rispettoso affetto, vostra cognata Liliana Vespero vedova Ricci...» concluse l'Eugenia sollevando lo sguardo e liberandosi degli occhiali.

«Debbo rispondere subito,» disse lui cercando di scandire le parole «avrei già dovuto farlo...»

«Stanotte?» gli domandò la Suntina.

Entrambe le zie manifestavano un evidente disappunto.

«Non lo so» farfugliò lui agitatissimo. «È che alle lettere si risponde subito... subitissimo...»

«Meglio che lo facciamo noi...» decise l'Eugenia candidandosi.

«No, non scherzare...» replicò lui strappando alla donna la lettera dalle mani. «Ha scritto a me... personalmente... a me stesso...»

«E tu a una che si è comportata così...»

«Da vacca...»

«Sì, da vera e propria vacca...»

«Vuoi anche risponderle?» gli chiedevano a due voci le zie.

Lui annuì sorridendo, sollevando e abbassando la fronte, fissandole a una a una, con la faccia di chi ha in mano tutte le carte della partita.

«Sissignore...» rispose triplicando le consonanti e quadruplicando le vocali.

«Allora quelli che dicono che sei matto hanno ragione...»

«Straragione...» Tentavano entrambe di fargli saltare i nervi. Impresa impossibile.

«Ho un nipote e non lo sapevo,» disse lui con tono aulico «si chiama Nino, come il cane della Tina... sarà una coincidenza, no?»

«Quello si chiama Fido» grugnì rabbiosa la Suntina.

«Ah, sì... Fido...» ammise lui compiaciuto della propria smemoratezza. «È una coincidenza lo stesso...» asserì abbandonando la stanza.

Il sole era ormai rintanato nel buio delle nubi.

Alcuni pescatori traevano a riva, con sforzi sovrumani, una pesante rete.

Finalmente qualcosa emerse dall'acqua, fra le fiancate delle barche: la rete da principio vuota di pesci ma poi appesantita dall'acciaio terso di un siluro inesploso.

Gli sguardi sgomenti degli uomini mentre le donne venivano tenute lontane con grida.

Nella gloriosa luce del giorno, Giordano Ricci, in piedi sul cassone di un camion sgangherato, veniva condotto sul luogo dell'operazione.

Era protetto dalla sua corazza di lamiera, dal suo elmo, da un paio di occhiali da motociclista, da guanti da palombaro.

Il furgone transitò al centro di un abitato. Ci fu una donna che batté le mani.

Il mare.

Giordano percorse l'ampio tratto di spiaggia che lo separava dal grande proiettile in un silenzio profondo.

Lontani, nell'ombra degli alberi, gli uomini e le donne del paese attendevano.

"Cara signora Liliana, la sua lettera mi ha trovato vivente. Per mio fratello Edgardo abbiamo fatto celebrare una messa lunga con tre corone di rosario..."

L'artificiere era ormai prossimo all'ordigno che scintillava minaccioso al sole.

"... Mi ricordo bene di voi... la sera specialmente... quando volevate vi conducessi con la barca alla prima secca per raccogliere i ricci marini..."

Lo sguardo vigile dell'uomo, al di là degli spessi vetri, esaminava il proiettile in ogni sua parte.

"... Mi ricordo di voi anche quando vi sedevate a tavola e di come tenevate la forchetta e il coltello in un modo che noi davvero non ci siamo mai riusciti e io non ci riesco ancora... io non ho mai avuto moglie per certe malinconie che i professori non hanno saputo curare neanche con la scossa e sono ancora qui con le sorelle del babbo a seguire la fabbrica dei confetti per i pochi matrimoni e battesimi che si fanno, visto che i campi e il mare, in questa stagione, riescono a dare solo bombe..."

Giordano spellò con i denti l'estremità di un grosso cavo giallastro.

Ne sputò i frammenti al suolo per poi inserirne la parte scoperta, con delicatezza, cercando di controllare il tremore, in una delle minuscole feritoie situate in prossimità del detonatore.

Ora, srotolando la matassa, si allontanava rinculando.

"... Mi piacerebbe potervi aiutare, qui il mangiare non manca, la casa è grandissima e vuota e la mia devozione del tutto immutata..."

Aveva percorso solo una parte della spiaggia, ma la miccia era ahimè finita.

Si rizzò per valutare la distanza dal proiettile.

«È troppo corta!» gli urlò un pescatore dal fitto degli alberi.

Lui annuì sorridendo, stringendosi nelle spalle.

Si guardò attorno in cerca di ispirazione.

«Siete troppo vicino! È pericoloso!» gli gridò un altro.

Annuì una seconda volta in modo più esplicito.

Pareva non voler dar retta a nessuno.

Cominciò a frugarsi le tasche delle braghe.

"... Mi piacerebbe conoscere vostro figlio Fido che è l'unico nipote che ho scoperto di avere. Vorrei vedervi qui ancora, qui all'improvviso, come nel lampo della fotografia. Ma sono miracoli che succedono nelle città e mai qui nelle campagne e quindi non ci credo che vi vedrò mai più come allora vi vidi.

"Sono in subbuglio di cuore per ciò che vi ho scritto e per la bruttissima calligrafia che è invece la mia specialità. Il vostro affezionatissimo cognato Ricci Giordano."

Fu sufficiente un fiammifero per dare fuoco alla miccia.

Seguì con lo sguardo per qualche istante il percorso rapido della fiammella, poi si girò e con andatura caracollante si allontanò il più possibile.

Scivolò all'interno di una buca protettiva fra le dune di sabbia.

Attese.

Anche gli uomini e le donne nella boscaglia attendevano.

Ma nulla accadde.

Lo sguardo preoccupato dell'uomo emerse dalla buca cercando di capire le ragioni di quel fallimento.

«Si è spenta?» domandava qualcuno dal bosco.

«Non lo so... non si vede!» urlò lui.

Si diresse guardingo verso la bomba.

Aveva fatto una dozzina di passi quando fu investito dalla deflagrazione che lo scaraventò al suolo in un turbine d'acqua e di rena.

Un silenzio profondo.

«Tutto bene?» urlò qualcuno.

Nessuna risposta.

«Giordano!» gridò una donna accorata.

«Tutto bene!» rispose finalmente lui, risollevandosi a fatica.

Era interamente ricoperto di sabbia: l'elmetto, il volto, la corazza, le mani, le labbra riarse ma sorridenti.

«Tutto bene!» ripeté incredulo più a se stesso che agli altri.

Giordano si infilò nel carrozzino del potente sidecar guardandosi attorno con circospezione mentre il pilota metteva in moto tagliando in due la grande aia antistante la masseria.

Reggendo con una mano il cappello di paglia che gli proteggeva il capo, tentò di imitare con la voce il rombo del motore.

L'ufficio postale di Fasano era deserto.

«Dovrei mandare una lettera con un francobollo...» diceva Giordano.

L'impiegata della posta sollevò lo sguardo.

«Ce li avete i soldi?»

«Eccoli» rispose rapido lui lasciando cadere sul ripiano di legno del bancone una manciata di monetine.

La donna, scuotendo il capo, sorrise.

«Sono troppi» disse.

«Così arriva prima» farfugliò lui.

Lei ora lo scrutava.

«Somigliate a...»

«A chi?»

«A uno che era nel letto vicino a mio figlio all'ospedale di Bari...» disse lei. «Ma sicuro che mi sbaglio...»

«Forse ero io,» disse Giordano «ci sono stato tre volte...»

«A Sergio dicevano che l'avrebbero guarito e invece lo hanno ammazzato con la corrente...»

Lui annuiva consapevole.

«Ma l'hanno data anche a me» disse sorridendo.

«Ma voi non siete morto...»

«No, quella volta lì non sono morto...» riconobbe lui.

Torre Canne

«Noi pensiamo che sia meglio che a quella le rispondiamo noi...» propose l'Eugenia, che stava sgusciando le mandorle.

«Si chiama Liliana» precisò con la sua voce impastata Giordano senza sollevare lo sguardo dalle bomboniere di pizzo che stava confezionando.

«L'ho già fatto» aggiunse.

Le due donne, raggelate, lo fissarono.

«E quando?» le domandò la Suntina con un quarto della sua voce abituale.

«L'ho fatto.»

«E chi sarebbe andato fino all'ufficio postale?»

«Qualcuno» rispose lui enigmatico.

«Se possiamo sapere...» azzardò la Suntina.

«Cosa?»

«Cosa le avresti scritto...»

«A quella vacca...»

«Uno mica se le ricorda tutte le parole che mette in una lettera d'amore...» rispose lui sorridendo in modo furbastro.

«Una lettera d'amore?!» esclamò l'Eugenia.

«Alla moglie di tuo fratello?!» l'aggredì la Suntina. «Per far ridere tutta Torre Canne, tutta Fasano, tutta Cisternino...»

«Stai scherzando, vero, o ci vuoi far morire d'un colpo...?» aggiunse l'Eugenia.

Lui le guardava adesso sgomento.

«Perché io non potrei?» domandò in un fiato.

«Te lo ricordi come si sono comportati con noi...? Te lo ricordi come sono scomparsi tutti?! Te li ricordi quella notte i carabinieri che cercavano tuo fratello sui tetti?!»

Ci fu un silenzio condiviso.

«E adesso che lei è alla fame... ti scrive... si ricorda...»

«Troppo facile... ennò... troppo facile...» ripeteva l'Eugenia cercando di riderne.

Lui taceva, svuotato di ogni forza.

«Giordano,» la Suntina cercava un tono di voce che apparisse conciliante «tu adesso sei diverso... non sei più quello che si ricorda lei... non era mica qui quando sei stato male... e non lo sappiamo neppure noi che effetto potrebbe farti se la rivedessi...»

«Non è meglio che si ricordi com'eri?» le chiese al colmo della ruffianeria l'Eugenia.

Lui la guardava scuotendo il capo incredulo.

schüttelt ungläubig

Bologna

Nella sagrestia, in uno strepito di bambini, aria di smobilitazione.

Chi ammucchiava le poche masserizie all'interno di consunte valigie, di fagotti. Chi arrotolava coperte o materassi. Chi smontava brande o cucine da campo.

«Dicono che sotto i portici del Meloncello ci sono ancora dei posti...» annunciava una donna con due bambini in braccio. «Ma bisogna sbrigarsi...»

«Mio suocero ha trovato un vano sotto il pilone della funivia...»

«E voi?» domandò uno in divisa da tranviere a Liliana.

«Ho saputo che in stazione si è liberato un vagone... lo darebbero a poco...» sussurrò Liliana.

«Lo dicono sempre, ma poi non è mai vero...» commentò il tranviere scettico.

Nino e la madre camminavano fra le rotaie divelte, cercando di non inciampare nei grossi ciottoli della massicciata e negli sterpi affioranti.

Un ometto stretto in un abito di colore indefinito li precedeva baldanzoso.

«La zona è quella che è...» diceva.

«Specialmente per noi che stiamo in pieno centro...» commentava Liliana.

Nino seguiva i due con aria svagata, le mani in tasca, come estraneo a tanta desolazione.

«Se non lo prendete voi, c'è la fila di chi lo vorrebbe» minacciava il mediatore.

Raggiunsero un vagone merci del tutto isolato, completamente arrugginito e assediato dalle erbacce.

L'ometto, con inattesa energia, d'un balzo raggiunse la maniglia della grande portiera scorrevole, tirandola con forza.

«C'è ancora l'odore delle bestie, ma con una bella pompata d'acido va via...» prometteva.

L'interno del vagone era buio e rovente, il pavimento ricoperto da uno strato di paglia e sterco secco.

Un raggio polveroso di sole filtrava da una grata aperta sul tetto.

«Qui di spazio ne avete anche per ballare...» diceva convinto il mediatore allo sguardo sgomento dei due ipotetici inquilini.

Tornarono rabbiosi, percorrendo la grande spianata dello scalo ferroviario fra rotaie e scambi, carrelli abbandonati, residuati bellici di ogni tipo.

«Non vorrai portarmi a vivere là dentro!» urlava Nino isterico. «Non vorrai mica farmi vivere come le bestie?!»

«E tu invece!» gridava di rimando la madre. «Tu dove hai pensato di farmi vivere?! Eh?!»

Le grida disperate dei due si alzavano nel grande spazio assolato.

Fuori della chiesa gli sfollati caricavano le loro povere cose su ogni tipo di veicolo, utilizzando persino carrozzine per neonati.

Nino e Liliana, in tanta confusione di gente e di cose, faticarono non poco, fra saluti, abbracci, commozioni varie, a raggiungere l'ingresso dell'edificio sacro.

All'interno un sacerdote che stava sospingendo una panca si fermò vedendoli entrare.

«Siete rimasti solo voi...»

«Ce ne andiamo,» lo rassicurò Liliana «ce ne andiamo...»

«Bel modo di fare i preti...» mugugnò Nino.

«Cosa c'è che non ti piace?» gli chiese il sacerdote con tono ruvido.

«No... niente... niente» farfugliò il ragazzo.

«C'è questo per quella là...» gli disse il prete porgendogli una lettera.

«Quella là è mia madre...»

«Non far finta di non aver capito... domattina si sgombra... intesi?!»

«Intesi!» urlò Nino raggiungendo la sagrestia.

Madre e figlio si guardavano in silenzio.

Liliana, gli occhi gonfi di pianto; Nino, la lettera appena ricevuta fra le mani.

«Ma chi è?» chiedeva al colmo dello stupore.

«Tuo zio.»

«Mio zio... ma quale zio?!»

«Il fratello di tuo padre...» nella voce della donna un crescente senso di colpa. «L'ultima volta che l'ho visto avevo quindici anni e lui ne avrà avuti pochi di più...»

«E perché gli hai scritto senza dirmi niente?»

«Non lo so... non lo so...» piagnucolava lei. «Una notte, per disperazione, senza neppure sapere se fosse ancora al mondo...»

«E perché non me ne avete mai parlato? Mai?»

Lei cercò in un sospiro profondo il coraggio per affrontare la situazione.

«Da anni e anni andavamo l'estate al mare laggiù... per i miei era diventata un po' come la loro casa... ci lasciavano addirittura la loro roba... i libri di mio padre... i vestiti... dopo quell'ultima estate... quando tornammo a Bologna...» la donna stentava a trovare le parole. «Insomma, fra me e tuo padre era successa quella cosa...»

«Cosa?»

«Fui costretta a confessarla... ormai se ne sarebbero accorti tutti...»

«Di cosa?» insisteva l'acuto Nino.

«Di te... ero incinta... di te...» ammise Liliana.

«Di me?»

«Non sai le botte di mio padre. Il terrore che si venisse a sapere... mi hanno mandata dalla zia Amabile a San Leo, mentre i carabinieri hanno portato qui al Nord tuo padre perché confessasse e mi sposasse...» tacque per un istante. Si riprese: «I miei l'hanno ripulito e fatto studiare con l'obbligo di non avere più rapporti con la sua famiglia... per sempre... capisci...? Per sempre...»

Nino si era abbandonato su una delle brande.

Fissava quella lettera.

«Quindi questo qua sarebbe mio zio?»

«Tuo zio...» ammise lei asciugandosi gli occhi.

«E da come scrive era innamorato di te... lo era allora e lo è ancora adesso...». Leggeva: «"Sono in subbuglio di cuore per ciò che vi ho scritto... Vorrei vedervi qui ancora, qui all'improvviso, come nel lampo della fotografia..." uno non scrive queste cose se non è innamorato...».

«Stai scherzando.»

«"Mi piacerebbe potervi aiutare, qui il mangiare non manca, la casa è grandissima..."» leggeva ancora il figlio.

Poi sollevò lo sguardo come raggiunto da un'idea.

«Basterebbe una buona macchina...»

«Per fare?» domandava la madre preoccupata.

«E un bel po' di soldi per la benzina...» aggiunse Nino rialzandosi rapido e recuperando il cappello.

«Dobbiamo provarci, no?» disse abbandonando il piccolo locale.

«A fare?» domandò la madre angosciata.

Nino era ormai oltre la tenda.

«A non finire in quel carro bestiame!» gridò nella sagrestia ormai svuotata di tutto.

Sul pavimento solo cartacce. Niente altro.

Torre Canne

Esposta alla vacillante luce della lampada, una fotografia giallastra ritraeva due adolescenti, un ragazzo e una ragazza, che sorridevano fissando l'obiettivo.

Sul fondo, sfocato, un terzo giovane con una pala fra le mani.

Giordano, la cannuccia della penna fra i denti, fissava quell'immagine per poi, a tratti, sollevare lo sguardo e controllare il grande paiolo che dondolava sul camino, quindi tornava rapido alla foto, come in cerca di ispirazione.

Parve finalmente averla trovata.

Immerse il pennino nel calamaio, controllando l'eccitazione che lo stava assalendo, avviò la scrittura.

"Cara cognata, sto male per la lettera brutta che vi ho scritto dicendovi che vi avrei voluto avervi qui in un lampo, senza diritto essendo stata voi la moglie di mio fratello Edgardo..." dovette controllare il tremore della mano che gli impediva di proseguire nella scrittura in modo intelligibile "strappatela e non ricordatevi più di me, mai..."

Si alzò, dirigendosi verso il camino.

Afferrò una catenella che pendeva dall'interno della cappa e la strattonò più volte. Il grosso paiolo riprese a oscillare vistosamente sulla fiamma.

«Questa foto ve la mando come segnale di addio... voi avete un girasole in mano e mio fratello ha una collana di salsicce al collo...»

Ormai il paiolo dondolava in modo regolare e Giordano poté riprendere la scrittura.

"... È l'unica foto che in tutte le estati abbiamo fatto assieme voi e io... anche se io sono sul fondo e sto scavando una buca che ci avrei messo un gatto subito dopo che moriva. Ma non mi ricordo se ce lo misi anche se non morì..."

Si dovette fermare all'improvviso, il tremolio era ripreso.

"... Oggi ho scoperto che le persone anche quando sono guarite si vede sempre che sono state malate e non c'è modo di non farlo vedere..." tentò di aggiungere. Ma il pennino si perdeva in un guazzabuglio.

Rinunciò, fissando il calamaio come raggiunto da un'idea.

Lo afferrò e versò l'inchiostro sulla pagina scritta spandendolo poi con il palmo della mano.

Nei suoi occhi una misteriosa commozione.

Bologna

Sul tetto dell'auto sedie a sdraio, materassi, salvagenti, valigie, fagotti.

«Dovremmo essere contenti e invece siamo preoccupati» diceva l'uomo in canottiera.

«Non c'è da avere nessuna paura...» lo rassicurava Nino legando con spaghi raccogliticci quell'insieme difforme.

«La via Emilia è tutta mitragliata,» obiettava il cliente «ci sono buche dappertutto...»

«E in più manca la benzina» aggiunse una donna panciuta uscendo dal portone tenendo stretto a sé, quasi con sacralità, un fagotto.

Nino spiattellò sul cofano dell'auto una malridotta carta topografica.

«Questo è l'itinerario: domattina all'alba andiamo sparati fino a Castel San Pietro, e sono già quasi venti chilometri...»

La donna aveva occultato il fagotto sotto lo strapuntino posteriore.

«Lì svoltiamo... direzione valli di Comacchio, dove la benzina si trova sempre... a Fusignano si dorme... e abbiamo già fatto quasi cinquanta chilometri... con questa media in due giorni e poco più siamo a Rimini, in piena sabbia...»

«Speriamo» disse l'uomo in canottiera.

«Se abbiamo caricato tutto, io porto la macchina in garage...» propose Nino.

«E chiudete bene, mi raccomando...» disse la donna. «Lo sapete cosa c'è lì sotto...» alludeva allo strapuntino.

«Mica mi fido... con l'aria che tira...» replicò Nino. «Dormo in macchina...»

«Bravo.»

Il giovane autista era salito a bordo.

Il motore ruggì impaziente all'interno del piccolo cortile.

«Domattina, alle quattro, pronti!» disse prima di premere l'acceleratore facendo compiere una spericolata rotazione alla vettura e al suo carico e scomparendo al di là del portone.

Il ricettatore, dotato di quadernetto e matita, era assiso su una sorta di trespolo mentre il suo operaio si aggirava fra le scatole, le valigie, gli ombrelli, i fagotti.

«Valigia uno... sei canottiere, sei mutande, sette calze uomo... tre costumi bagno, servizio barba, pomata emorroidi...» enumerava l'operaio.

Nino, seduto sul predellino dell'auto, attendeva paziente.

«Ma tutta 'sta roba non vale una cacca!» commentava il ricettatore deluso.

«Aspettate, no?» gli replicava Nino.

«Specchio toilette, brillantina liquida, cinto erniario, giarrettiere uomo...»

«Te l'avevo detto che non c'era una cacca di niente...» disse il ricettatore accennando a scendere dal suo trespolo.

«E questo?» domandò Nino che aveva estratto da sotto lo strapuntino il misterioso fagotto. «Questo sicuro che non vi interessa?»

Lo sguardo attento dell'operaio.

Anche il ricettatore si era immobilizzato.

Il tempo sospeso.

Con studiata teatralità, Nino svuotò il contenuto del fagotto su una delle sedie a sdraio.

«Segna,» ordinò al lavorante «due stilografiche pennino oro, servizio toilette madreperla, due collane coralli e orecchini, un orologio cassa oro funzionante...»

Ci fu uno scambio eloquente di sguardi fra il ricettatore e il giovane, che indefesso continuava a estrarre preziosi sottolineandone il valore.

«Un albo collezione francobolli Unità d'Italia... solo questo vale una fortuna» disse, e aveva nello sguardo l'orgoglio di uno che ce l'ha fatta.

Torre Canne

Giordano frugava l'interno di un ampio cassetto svuotandolo dei pochi medicinali che conteneva mescolati a un insieme eterogeneo delle cose più varie.

Aveva il volto sudato, lo sguardo febbricitante.

«Cosa cerchi?» L'Eugenia era comparsa sulla porta della cucina.

«Quella medicina, quella che mi aveva dato il dottore...»

«Ma non la prendi più da un pezzo...»

«Dov'è?»

«Non lo so dov'è... sarà finita...» diceva la vecchia zia avvicinandosi al cassetto. «Cosa c'è che non va?»

«Niente... di niente» rispondeva lui.

«Non riesci a dormire?»

«Niente di niente» ripeteva lui, e si era seduto su una seggiola. Indossava la lunga camicia da notte ed era a piedi nudi.

«Qui non ci sono» confermò l'Eugenia. «Forse qui...» disse estendendo la ricerca a un altro cassetto. «Non vuoi proprio dirmi cos'hai?»

«Nella lettera ho scritto che...»

«Che?»

«Che mi piaceva se veniva qui...» disse lui con la metà della voce necessaria.

L'Eugenia adesso fissava il nipote.

Vi fu qualche istante di silenzio.

«E adesso non la vuoi più?» domandava.

«Ho paura che veda che io...» farfugliò con la sua voce gutturale.

Bologna

Liliana, uscendo dalla chiesa, si protesse con una mano gli occhi dal sole che penetrava violento fra le colonne del porticato.

«Mamma!» la chiamava Nino.

Lei tardò a orientarsi prima di individuare il figlio.

Attraversò la strada attendendo che transitassero due camionette militari.

Nino era appoggiato al cofano lustro dell'auto cercando di cogliere l'effetto che quell'insieme produceva sulla madre.

«Allora?» domandò.

«Allora cosa?» chiese a sua volta lei senza capire.

«Non vuoi salire?» le propose lui prendendola per una mano e facendole perimetrare la vettura fino all'altro sportello.

Liliana, frastornata, si sedette.

Lui raggiunse, rapido, il posto di guida.

«Cosa sta succedendo?» domandava lei senza rendersi conto della situazione.

«Stiamo partendo» le rispose lui mettendo in moto.

«Partendo per dove?» all'improvviso parve riscuotersi. «E questa macchina di chi è?»

«Nostra» rispose lui con naturalezza estrema accodandosi a un carro armato americano.

Lei riacquistava via via consapevolezza.

«Ma oggi, oggi è sabato! Dovevi portare quelli a Rimini! È la loro macchina! Dio mio, l'hai rubata Nino, l'hai rubata!»

«Mamma, per favore, ti vuoi fidare una buona volta di me...? Perché vuoi vedere il male sempre dappertutto?!» si lamentava lui.

«L'hai rubata?!» insisteva lei imperterrita. «Adesso ci arrestano... come fai a non capirlo, idiota! Ci arrestano! Ci sbattono in galera!»

«Va be'... allora, se proprio lo vuoi sapere, me l'hanno prestata... gli ho spiegato la situazione... se devi andare in Puglia, vacci pure... quando torni, si va a Rimini però... ti serviranno un po' di soldi in anticipo per il viaggio... guarda se racconto balle...» diceva lui mostrando alla madre una manata di banconote.

Lei piangeva in silenzio, con la rassegnazione, lo sgomento, di una sequestrata.

«No, tu sei pazzo...» singhiozzava. «Ti rendi conto di dove vuoi andare...? Da uno che non sa niente... ammesso che ci arriviamo... ci presentiamo così, su una macchina rubata, senza una valigia, un asciugamani...»

«Gli vorrai almeno un po' di bene...»

«Ma a chi?!» urlò lei esasperata.

«Allo zio.»

«Allo zio?!... no, tu sei pazzo... arriviamo da uno che non so più nemmeno che faccia abbia... pronti a sederci a tavola, a mangiare, a dormire... dallo zio! Dallo zio! Deficiente... dallo zio!» ripeteva lei in una sconfinata crisi di pianto.

«La questura...» disse lui, che sbirciava lo specchietto retrovisore.

Infatti dietro di loro c'era una camionetta della polizia. Il suono ripetuto di un clacson.

«Eccoci in galera, sei contento? Abbiamo risolto il problema di dove andare a dormire...» singhiozzò la madre.

L'automezzo li affiancava. Due questurini li scrutavano con sospetto.

«Perché piange?» urlò uno dei due riferendosi a Liliana.

«Niente... di gioia...» farfugliò Nino mantenendosi affiancato all'auto degli agenti.

«Piangete di gioia davvero?» urlò il celerino alla donna.

«Sì...» fu costretta a mentire lei.

«Mica di dolore?!»

«No... di gioia...» biascicò lei.

L'interrogatorio si concluse con uno schizzo della camionetta che li superò a gran velocità.

Liliana e il figlio, cadaverici, fissavano la strada davanti a loro.

Torre Canne

L'Eugenia dettava alla Suntina, che si limitava a scrivere.

«... La vostra lettera gli ha prodotto una eccitazione tale da togliergli il sonno rischiando di compromettere le tante cure alle quali si è sottoposto...»

«Sottoposto» ribadiva la Suntina sottovoce confermando quanto andava via via mettendo sulla carta.

«Vi preghiamo quindi, per il bene di entrambi, di non tener conto dell'invito rivoltovi da nostro nipote...» Si interruppe in cerca di rassicurazione. «Va bene?» domandò.

Giordano, in piedi, accanto alla credenza, gli occhi colmi di rammarico, si limitò ad annuire.

Centro Italia

«A Fasano, un paese vicino a Bari?» domandava Nino sporgendosi dal finestrino a un uomo che sospingeva un carretto carico di sedie.

«E dove sarebbe?» gli domandò a sua volta l'impagliatore.

«Per tornare alla mia Bologna?» implorava dall'interno dell'auto la povera Liliana.

L'uomo restò per un attimo interdetto.

«Ma no... non l'ascolti... per la Puglia?»

«Non si va mica da qui in Puglia... se volete andare nella vera Puglia...»

«In quella vera, sennò in quale?»

«Allora tornate indietro e prendete per Monterone... quando vedete un tabaccaio che è chiuso da prima della guerra prendete la discesa per Selci... ma non ci dovete arrivare... al cimitero di Nuzzo non lo superate ma gli girate intorno e...»

«Sì, va be'... ciao...» disse Nino premendo rabbioso il pedale dell'acceleratore e scomparendo nella polvere.

Notte buissima.

Un'auto ricoperta di fango e polvere ferma sul lato della strada.

Unica fonte di luce una lampadina dal filamento rossastro, sospesa su una rudimentale pompa di benzina collocata di fronte alla casa colonica.

Un uomo in canottiera stava redigendo una sorta di preventivo ai due esausti viaggiatori.

«Allora, se volete due taniche di benzina americana... due scodelle di maccheroni al sugo... due materassi nella stanza nove con uso toilette e due caffè domattina...»

«No... per i caffè non importa...» disse Nino che aveva estratto dalla tasca le poche banconote che gli rimanevano.

«Allora, per tutto il resto posso farvi... Vediamo... senza i caffè...»

L'uomo sommava le cifre del conto su un brogliaccio fatto di pezzi di carta da pane tenuti insieme da una molletta per i panni.

Mangiarono i maccheroni al sugo con voracità in una specie di magazzino per attrezzi agricoli nei quali erano stati allocati due tavoloni.

«Per la ritirata?» chiese Nino alzandosi.

«Dietro il cortile...» gli disse il benzinaio.

Il ragazzo uscì.

Liliana e il vecchio erano soli.

Lei sentì su di sé lo sguardo dell'uomo.

«Si vede che state male...» le diceva lui con compatimento.

Liliana deglutì senza abbassare lo sguardo.

Il benzinaio le prese una mano, gliela rigirò esponendo il palmo al chiarore della lampadina.

«Siete stata sposata» le sussurrò.

Lei annuì.

«E lui non c'è più...»

«No.»

«Ma, anche quando c'era, la notte non vi faceva contenta...»

Lei non rispose.

«Si vede da qui... aveva delle altre donne.»

«Non è vero» protestò lei senza convinzione.

«Voi uno che vi ha fatto contenta non l'avete mai conosciuto... e forse non lo incontrerete mai...»

Il vecchio e la vedova si guardavano in silenzio.

«Perché?» domandò lei.

«Non lo so...» lui le aveva lasciato la mano e stava recuperando le scodelle vuote. «È la vostra vita... ognuno c'ha la sua da vivere... e se la deve tenere com'è...»

Nella stanza numero nove ci dormivano già una monaca e mezza dozzina di bambini.

Nino e la madre, muovendosi con circospezione nella grande penombra, raggiunsero i rispettivi giacigli.

Senza spogliarsi, si abbandonarono sui materassi cercando di prendere sonno.

Qualche istante di profondo silenzio.

Liliana avvertì all'improvviso una sorta di bisbiglio.

Si girò: il volto della giovane suora vicinissimo, le sorrideva in modo rassicurante.

«Venite anche voi dal Nord?»

«Sì» ammise la vedova senza riuscire a trattenere le lacrime.

«Vi ho fatta piangere» sussurrò la religiosa.

«No, non siete voi... scusate» le rispose Liliana tentando invano di sorriderle.

«Sto portando questi bambini in un orfanotrofio che abbiamo in Calabria... vivevano per le strade... hanno perduto tutto...»

«Anche noi abbiamo perduto tutto...» le confidò Liliana.

Tacquero entrambe per qualche istante.

«Mi è restato solo mio figlio... è buonissimo... fa di tutto per aiutarmi... ma mi sta portando in un baratro...» La commozione la travolse impedendole di continuare.

Con le prime luci del mattino si trovarono a superare il furgoncino guidato dalla suora.

Nel piccolo cassone posteriore, protetti da un telone sbrindellato che si gonfiava col vento, facevano capolino i volti pallidi dei bambini in viaggio verso il loro futuro.

Fasano

«Tolomei, te lo ricordi, vero, chi sono? Giordano Ricci, quello dei confetti...»

Il malato di mente continuava a dondolarsi sulla sedia senza girarsi dalla sua parte.

«Compi gli anni sempre il 18 settembre?»

Il demente emise una sorta di grugnito.

«Ti faccio gli auguri con un po' di anticipo» disse Giordano. «Te lo ricordi, quando eravamo in ospedale, che ti dicevo sempre di una ragazza che aveva sposato mio fratello?»

L'altro non desisteva dal suo dondolio e dalla sua disattenzione.

«Siccome mi parevi molto curioso, te l'ho portata da farti vedere in una fotografia...»

Giordano estrasse dalla tasca la foto di Liliana ragazzina.

«È quella con il girasole» l'avvicinò talmente al viso del demente da costringerlo a fissarla.

«Assomiglia sì o no a come te l'avevo descritta?»

Ebbe in cambio un mugugno d'assenso.

«Mi ha scritto una lettera... proprio lei... a me... avrei voluto che venisse con suo figlio, ma... poi, lo sai com'è...» faticava a spiegarsi. «Ho avuto paura.»

Ricevette un altro grugnito di complicità.

«Sono venuto perché so che ti piace sapere le cose... e anche a me piace dirle a qualcuno le cose... a qualcuno dirle...»

Giordano si era rimesso religiosamente la foto in tasca.

«Sarebbe stato strano se fosse venuta, no?» domandò con un bel groppone alla gola. «Comunque, te l'avrei portata per fartela vedere di persona...»

Il malato annuì senza dimostrare alcun entusiasmo di sorta.

«Va be'... ciao...» concluse Giordano abbandonando il porticato.

Dopo aver disceso alcuni gradini, si fermò girandosi.

«Ah, mi dimenticavo questi» disse.

Gli mise in mano una manciata di confetti.

«Adesso mica pensi che sto per sposarmi... eh?» aggiunse sorridendo.

Gessopolena

Nino era sceso dall'auto ferma al centro della piccola piazza del paese, assolata e semideserta.

«Ma qui dove siamo?»

«A Gessopolena...» gli rispose uno con un occhio di vetro bianco opaco.

«Sì, ma a Gessopolena in Abruzzo, in Molise o dove?»

«Il bagno?» domandava Liliana che era scesa a sua volta dall'auto.

«Là, dietro quel muro o, se è più comodo, dietro quelle lenzuola...»

La donna corse via veloce.

L'uomo dall'occhio di vetro opaco lo precedeva.

Dovettero scalare un cumulo di calcinacci per raggiungere l'ingresso.

«Era la scuola di Gessopolena...» spiegò la guida. «Qui dentro c'è uno che non vi fa sbagliare strada neanche se lo volete...»

Nino guardava attorno a sé la grande desolazione della scuola bombardata.

Entrarono in un'aula a cielo aperto.

Seduto su una sedia posta su quella che doveva essere stata la pedana destinata alla cattedra c'era un uomo, una canna tra le mani, dietro di sé una carta geografica dell'Italia.

«Illustrissimo signor preside, questo vuole andare in...»

«Puglia... nei pressi di Bari... ci siamo persi» intervenne Nino.

«Puglia... Bari...» disse il preside girandosi e facendo scorrere la punta della canna lungo la dorsale appenninica sulla carta.

«Gessopolena non figura in nessuna carta del Regno non avendo, per le note circostanze, il governo del Compiantissimo avuta la possibilità di farla diventare capitale dell'impero del Sud come più volte promessoci con dispacci e telegrammi...»

«Da qui, per Bari?» domandò l'intimidito Nino.

«Da Gessopolena abbiamo tre opzioni: la via del mare, la via della pianura, la via dei monti...»

«Quella più breve?»

«Gissi, Palmoli, Palata, Ururi di Sotto, Ururi di Sopra, Serracariola, Apricena, San Giovanni Rotondo...»

Ritrovò l'auto dove l'aveva lasciata.

Dovette farsi largo fra un gruppetto di ragazzetti incuriositi per salire a bordo.

Fu in quel momento che si accorse che la madre era scomparsa.

«Mia madre?!» domandò.

I bambinetti lo guardavano senza capire.

«Mia madre?!» ripeté urlando e presagendo il peggio.

«Mia madre?!» gridò a gran voce all'immensa piazza deserta. «Dov'è?! Dov'è?!» ripeteva. «Possibile che non abbiate visto una donna con un vestito chiaro?!»

«È andata di là!» gli rispose un prete che stava travasando del vino su una terrazza.

«Di là dove?!»

«Di là!« ripeté il prete indicando una strada che si inerpicava verso la montagna.

Nino, disperato, mise in moto.

I ragazzini furono rapidi ad aggrapparsi ai parafanghi, alle maniglie, ai paraurti. I più fortunati salirono sui predellini.

«Via, via!» li implorava lui.

Uno si era addirittura steso sul cofano.

«Via, via!» ripeteva Nino suonando ripetutamente il clacson.

Accelerò liberandosi dei primi che si lasciarono andare rotolando divertiti sul terreno polveroso.

Quello aggrappato al finestrino dalla sua parte rideva, con il vento in faccia che gli stirava i capelli.

Nino accelerò ulteriormente, costringendolo ad arrendersi.

Scomparve anche quell'ultimo nella grande polvere.

Nino frenò di fronte a un grosso camion scoperto sul quale stavano prendendo posto individui appesantiti da valigie, sacchi, ceste, zaini.

Sceso dall'auto, si precipitò verso l'autocarro e perimetrò il cassone alzandosi sulle punte dei piedi per poter scrutare i passeggeri a uno a uno.

Tardò a riconoscerla, seduta su una delle panche, stretta fra due uomini.

«Mamma!» le urlò.

Lei non rispose, ritraendosi in se stessa.

«Mamma!» ripeté lui.

Anche l'ultimo passeggero era ormai a bordo.

La scaletta per raggiungere il cassone stava per essere ritirata.

«Un momento... vi prego... solo un momento» implorò lui affrontando rapido i pochi pioli di legno.

«Mamma» disse avvicinandosi a Liliana che si nascondeva il volto nelle mani piangendo.

«Mamma... non puoi tornare indietro adesso, dopo tutto quello che abbiamo fatto...»

Lei continuava a singhiozzare senza rispondergli.

I passeggeri li guardavano senza capire.

«Guardate, voi, che dobbiamo partire...» urlò da sotto quello della scaletta.

«Un momento solo!» lo implorò Nino.

«Mamma» si era inginocchiato davanti a Liliana. «Non puoi fare così...»

«Lasciami... lasciami...» ripeteva lei fra i singulti.

«Sei tu che non devi lasciarmi...»

«Cosa le volete fare?» gli domandò un individuo corpaccioso che era seduto accanto a Liliana.

«Niente... sono cose nostre...»

«Lasciami, ti prego... Nino...» ripeteva lei. «Lasciami tornare indietro, ti prego...»

«No, tu adesso scendi e vieni con me...» Nino le prese una mano tentando di costringerla ad alzarsi.

«Voi non obbligate nessuno... qui i prepotenti non comandano più...» lo diffidò l'omone.

«Mica le sto facendo niente...»

«Allora lasciatela in pace!» gridò un altro passeggero.

«Mamma... lo vedi... chissà cosa credono che...»

«Dobbiamo partire!» urlò qualcuno.

«È tardi e sta per piovere!» protestavano altri.

«Vieni, dai, ti prego...» lui continuava a tirarla a sé e lei a resistergli.

«Basta, adesso!» l'omone si era alzato spingendo via Nino senza alcun riguardo.

«Mamma... lo vedi cosa mi fanno... perché non lo sanno... diglielo tu... diglielo tu quello che sto facendo per riportarti dallo zio...»

«Ma basta... buttatelo giù!» propose una donna pragmatica.

Gli uomini non se lo fecero ripetere.

Fu scaraventato oltre la sponda del cassone senza alcuna delicatezza.

Precipitò pesantemente sul terreno.

Rimase qualche istante come tramortito, stentando a muoversi, a rimettere in ordine gli eventi di quegli ultimi minuti, mentre il camion indifferente al suo stato confusionale riconduceva l'amata madre verso il Nord.

Ora era lui a piangere senza vergogna.

Piangeva guidando, lacrime abbondanti gli offuscavano la vista. A tratti sbandava per poi riprendersi, senza smettere mai di parlare alla madre lontana.

«Con tutto quello che ho fatto, mamma... per te... mamma... dimmelo, è questo l'amore materno? È questo l'amore per il prossimo che mi hai insegnato da bambino... è questo?»

Nel riconoscerla, frenò all'improvviso.

Liliana era laggiù, immobile, sul ciglio della strada.

Nino restò in auto, studiandola attraverso il vetro lurido del finestrino.

Lei, come in segno di resa, si avvicinò.
Lui non si mosse.
Lei aprì lo sportello.
Salì a bordo.
Si sedette.
Richiuse lo sportello.
Lui, senza distogliere lo sguardo dalla strada che aveva davanti a sé, fece fare un giro intero al volante, invertendo il senso di marcia.

Torre Canne

Giordano liberò il suo letto dalla sopraccoperta e rimpannucciò il cuscino.

Prima di coricarsi, aprì il cassetto del comodino.

Si guardò attorno come per accertarsi di essere solo.

Prese la foto di lei fra le pagine di un libro di preghiere.

Con tenerezza estrema, la pose sul guanciale prima di infilarsi sotto le lenzuola.

Ora, la testa appoggiata al cuscino, a un palmo scarso da quell'immagine, fissava la ragazzetta con il girasole che pareva a sua volta sorridergli.

«Preferisci che parliamo un po' o che dormiamo subito?» le chiese amorevole.

«Dio mio, è quella!» disse Liliana con tremore sommo indicando la facciata grigia della masseria.

«È il destino» disse Nino. «L'ha capito anche la macchina che siamo arrivati... dobbiamo scendere... è finita la benzina...»

«Qui?!» domandò la madre incredula.

Sul volto di lei una tensione crescente.

Laggiù, oltre la vasta aia, si era palesata sulla porta l'Eugenia.

Un ombrello, anni prima bianco, la proteggeva dal sole.

Scrutava insospettita la vettura ferma là in fondo, attraverso le lenti nere di un paio di occhialetti con la montatura di ferro.

Nino si decise a scendere.

Rivolse alla vecchia un sorriso pieno e un rassicurante gesto di saluto con la mano, occupandosi quindi della madre.

Liliana appariva restia ad abbandonare l'abitacolo. Uscita di lì, sarebbe stata esposta ai venti della somma incertezza.

«Dai, mamma, cosa fai?» la sollecitò il figlio aggiustandole una ciocca di capelli.

«Torniamo a casa, Nino... ti prego...» lo implorò lei con occhi colmi di spavento autentico.

«Ma a quale casa, mamma? Dove?»

«In qualunque posto... ma non qui... Nino... non lo capisci...? Ho paura...»

Ma il figlio, afferratala per un braccio, la traeva fuori in un misto di determinazione e dolcezza.

«Chi siete?» gridò dalla costruzione la sempre più diffidente l'Eugenia.

«Dille chi siamo» suggerì Nino alla madre.

Lei fu costretta a farsi forza.

«Non ci aspettavate, vero?» urlò con quel po' di voce che l'emozione le concedeva.

«Chi siete?» gridò ancora la vecchia riducendo ulteriormente il tasso di cordialità della sua voce.

Madre e figlio si stavano ineluttabilmente avvicinando, compiendo un percorso incerto, in cui la determinazione del figlio si opponeva all'ostinata resistenza della madre.

«Sono Liliana» rispose lei. «Vi trovo bene, zia...» ma non riusciva a ricordarne il nome.

«Aiuto!» strillò con voce di faraona la vecchia. «Suntina! Aiuto!»

Nino impallidì. La Suntina apparve come d'incanto dietro la costruzione.

Malgrado l'obesità, si mise a correre ansimando e urlando terrorizzata.

«Giordano! Giordano! Mio Dio!»

Madre e figlio la videro fuggire scomparendo oltre i covoni di paglia dell'estate.

«Hai visto che accoglienza?» mugolò la madre.

La Suntina aveva raggiunto il grande uliveto.

«Giordano! Una tragedia!» urlava alle piante secolari.

La mano di qualcuno, emersa all'improvviso dall'erba alta, la afferrò per una caviglia costringendola a fermarsi.

«Giù... siete matta...? Buttatevi giù...»

«Dov'è lui?!» domandava lei guardandosi attorno come spiritata.

Intravide altri uomini sdraiati nell'erba, fra le radici affioranti.

L'uomo la strattonò, costringendola a sua volta a sdraiarsi mentre l'elmetto e parte del viso di Giordano emergevano dall'interno di una buca, a una cinquantina di passi da lì.

«Giordano!» gridò lei. «Devi scappare... non farti trovare... una tragedia!»

«Cosa?» gridò lui mentre una somma detonazione squassava le piante secolari.

Quando Giordano Ricci comparve laggiù, sul limitare dello slargo, Liliana ebbe una sorta di cedimento di tutta se stessa, ma Nino fu rapido nel sorreggerla.

«Mamma, cosa fai, proprio adesso...»

L'artificiere si stava liberando della corazza e dell'elmetto mentre la Suntina, che gli era accanto, non gli dava tregua.

«Sei ancora in tempo... le diciamo che devi partire... che non puoi vederli... glielo dico io...»

Ma lui, tesissimo, la fronte sudata, scosso da un evidente tremore, pareva del tutto sordo ai suggerimenti della donna.

Con il viso e l'abito imbrattati di nerofumo, si diresse verso i nuovi venuti.

Nino aveva sulle labbra un sorriso stereotipato e definitivo ma Giordano, ormai vicinissimo, non aveva occhi che per la donna.

«Siete?» farfugliò evidenziando da subito una notevole difficoltà nell'esprimersi.

«Come?» domandò lei protendendosi appena in avanti.

«Siete proprio lei?» ripeté lui a mezza voce con una certa dose di incredulità.

«Proprio lei» ammise la donna con senso di colpa.

«Quella?» insistette lui.

«Quella...» confermò lei, avvertendo interamente su di sé il mutamento prodotto da tutti quegli anni. «Ma non volevo venire... davvero...»

«E invece eccovela qui... in un lampo... come volevate voi...» disse Nino.

«Liliana Vespero vedova Ricci?» si accertò ancora lui.

«Siamo qui solo per un saluto... adesso torniamo subito a Bologna» promise lei.

Nino, con una risatina, sottolineò l'enormità dell'affermazione della madre.

Giordano continuava a scrutarla. Cercando in quella donna matura la ragazzetta di una trentina di anni prima.

«Siete cambiata...» disse finalmente.

«Lo so... era meglio che non fossi venuta...»

«Invece di sciuparvi... siete diventata ancora più bella di tutte le belle...» sussurrò lui.

«Sono più grassa di un bel po'» replicò lei schermendosi. «Vi ricordate male di com'ero...»

«Forse vi dovreste dare la mano...» suggerì Nino.

Giordano annuì.

«È sporca di terra... la mia...» disse.

«È lo stesso, vero mamma?»

«Certo» bisbigliò lei. «Figuratevi.»

«È il pensiero che conta» disse acutamente Nino.

Si strinsero la mano mentre le due zie, appartate, seguivano con evidente disgusto l'evolversi degli eventi.

«Piacere... vostro nipote Nino Ricci...» si presentò il ragazzo.

«Somigliate proprio a mio fratello... a lui» disse Giordano.

«È la mia faccia» rispose Nino con un sorriso d'impaccio.

«Quelle sono le zie che sono ancora vive...» disse Giordano.

«Buongiorno» disse Nino.

«Ci dispiace di essere ancora vive» commentò sarcastica l'Eugenia.

«Siamo dispiaciuti noi per il disturbo...» replicò Liliana.

«Se è solo per un saluto» rispose la Suntina.

«E anche perché per Giordano è ormai ora di cena e poi si deve mettere subito a letto...» aggiunse l'Eugenia.

«Ma c'è ancora il sole!» protestò l'artificiere sentendosi perduto.

«Ma fra un po' non c'è più... lo sai che il sole tramonta... sempre... no?»

Gli occhi di Giordano erano arrossati.

«Mica vanno già via?» domandava sgomento.

«Noi potremmo benissimo restare» azzardò Nino.

«Possono restare» ripeté l'uomo alle zie. «Dicono che possono restare...»

«Quanto vogliamo... con la fretta si fanno i gattini ciechi...» sentenziò Nino compiaciuto.

Ci fu un rapido scambio di sguardi fra le zie.

«Scusa, Giordano, vuoi venire un attimo...?»

«Ma non a letto...»

«No, no... non a letto...»

Lui guardò Liliana con un sorriso colmo di tenerezza.

«Torno subito... mi aspettate, vero?»

«Certo... e dove andiamo sennò?» lo rassicurò con una certa precipitazione Nino.

Le due zie e il nipote scomparvero nella penombra dell'androne.

Madre e figlio erano soli.

«Un ebete... poverino... ma non era così...» sussurrava lei asciugandosi gli occhi in un fazzoletto. «Te lo giuro, non era così... che pena...»

«A me ha fatto un altro effetto...» replicava Nino. «L'ho trovato un tipo in gamba... ne avessimo noi, a Bologna, dei tipi così...»

«Dobbiamo andarcene via da qui prima che quel poveretto si...»

«Con cosa?» la interruppe Nino.

«Basta trovare uno qui intorno che ci venda della benzina...»

«La paghi tu?» la interruppe nuovamente il figlio.

«Non abbiamo più niente?»

Il figlio aveva estratto dalla tasca dei pantaloni un paio di monete che mostrò alla madre

«Tutto qui?» domandò lei prossima al collasso.

Toccò alla Suntina venire a parlamentare.

«Puoi venire, scusa...?» disse a Nino tenendosi a distanza.

Nino si avvicinò alla donna.

«Si è troppo agitato... ormai la situazione è questa...» disse la zia con tono duro. «Per stasera pazienza, ma domani *quella* me la porti via da qui prima che si svegli... chilometri da qui...»

«Guardate che *quella* è mia madre...»

«Sentimi bene, idiota...» lo minacciava la donna. «Se ti sei messo in testa di mollarcela qui, te lo devi togliere dalla testa... *quella lì* a noi di guai ce ne ha già fatti abbastanza...»

Si fissarono per qualche istante in un'autentica prova di forza. Nino fu costretto ad abbassare lo sguardo, annuendo.

Madre e figlio fecero il loro ingresso nella saletta da pranzo con circospezione, preceduti dalla Suntina.

«Hanno fatto un viaggio di questo genere senza uno straccio di valigia...» disse la zia.

Ma Giordano parve non darle nessuna importanza. Il volto raggiante, al di là della tavola, indossava un abito nero su una camicia bianca.

«Abbiamo preparato per voi... qui» diceva con impaccio, indicando la tavola apparecchiata.

«Grazie, ma non importava...» replicò Nino avvicinandosi mentre la madre, in atteggiamento incerto, pareva indugiare sulla porta.

«Ve la ricordate questa stanza...?» le chiedeva Giordano. «L'estate, qui... mangiavate qui... con la vostra famiglia... qui.»

Lei annuì, guardandosi attorno. Le luci delle lampade a petrolio la restituivano in parte alla sua antica bellezza.

«È cambiato poco, vero...? Pochissimo...»

L'Eugenia nel frattempo aveva fatto il suo ingresso deponendo senza alcun garbo una zuppiera colma di pasta fumante al centro del tavolo.

«Devi sbrigarti a mangiare, che si fa tardi...» sibilò all'artificiere.

«La pasta con i broccoli e le salsicce... forse non vi piace...» farfugliava lui. «Forse possiamo farne una diversa...»

«Te lo sogni» replicò la Suntina che, senza sedersi, si era affiancata alla sorella.

«No, va benissimo» disse Nino fissando l'invitante zuppiera. «Allora, questo è il mio posto?» domandò sedendosi e servendosi.

«Sì, e quello è il vostro...» disse il padrone di casa a Liliana. «Venite?»

Lei, che era rimasta sulla porta, annuì senza però trovare il coraggio per avvicinarsi.

Giordano tentò di versare del vino da una caraffa, ma poi disse.

«Mi... mi trema un po' la mano...» rinunciando all'operazione.

«Faccio io» disse Nino, con la bocca già piena di pasta, rapido nel soccorrerlo.

«Io non posso bere vino... è buono?»

«Squisito» rispose Nino. «Di vino vero non ne beviamo più a Bologna da prima della guerra...»

Il ragazzo si era alzato portando un bicchiere colmo alla madre.

«Perché non vieni?» le sussurrò.

«Non volete sedervi neppure qui? Più lontana da me?» le domandò Giordano cercando di rassicurarla.

Lei fu assalita da un'emozione improvvisa, incontrollata. Dovuta alla stanchezza, alla tensione, alla singolarità della situazione.

«No, è che... io capisco cosa pensate...» cercò di dire controllando le prime lacrime. «Nino è un ragazzo e ha preso questa decisione di venire... senza... senza...» si asciugava il naso e gli occhi.

Giordano la guardava senza capire.

Nino aveva smesso di ingozzarsi, fissava il vuoto davanti a sé presagendo il peggio.

Anche le zie la guardavano interdette.

«... È che a Bologna siamo in una situazione terribile... senza niente e ogni giorno è peggio... lui ha letto questa lettera... non so cosa abbia creduto... non lo so... non so che idea si è fatto di qui, di voi... mi dispiace... ho cercato di... ma se ci trovate della benzina ce ne andiamo... ci basta della benzina e ce ne andiamo subito e qui torna tutto come prima... da subito...»

Nino, esangue, fissava il vuoto davanti a sé.

«Non vi chiediamo più niente...» proseguiva Liliana nel suo sfogo. «Solo la benzina per tornare a Bologna e vi prometto che non ci vedrete mai più... solo un po' di benzina e magari una toilette, per un minuto solo...»

«Ma io non voglio che voi... andate via» disse Giordano fissandola. «Mai più via da qui...»

«Come, mai più?» si intromise precipitosamente l'Eugenia. «Ti rendi conto di quello che stai dicendo?!»

«Sai cosa vuol dire *mai più via da qui*?» gli domandò ruvida la Suntina.

«Sì...» rispose l'artificiere. «Che resti a vivere qui, con suo figlio, con noi...»

«Esatto» bisbigliò approvando Nino.

«Ma, Giordano... lo immagini sì o no cosa direbbe la gente?» chiese aggressiva la Suntina tentando di ricondurlo alla ragione.

Lui fissò Liliana, quindi le zie, per qualche istante.

Sorrise annuendo.

«La gente dice che sono malato di testa... è questo quello

che dice la gente... se mi chiamano per le bombe è perché è meglio che salti per aria uno come me piuttosto che uno sano... questo è quello che la gente dice di me... lo so...»

Nino cercava di verificare l'effetto di una considerazione del genere sulla madre.

«Forse non sarà la cosa più giusta... ma volete almeno provare?» domandò l'artificiere alla vedova.

«Provare cosa?» chiese a sua volta lei al colmo dell'impaccio.

«A stare qui con noi.»

«Ma, io non lo so... lo capite che una persona non può decidere così... è una situazione troppo...»

Nino ebbe la certezza che tutto il suo futuro dipendeva da ciò che la madre stava dicendo.

«Se restate, vi do questa casa, tutte le stanze, tutti i campi, tutti gli ulivi...»

«Ma sei pazzo, Giordano! Sei pazzo!» urlava isterica l'Eugenia cercando di sopraffare la voce del nipote, di renderla inintelligibile. «Ti dobbiamo fare interdire... ti dobbiamo riportare al manicomio e te... non dovevi andare a cercare la benzina?»

La Suntina fuggì via, mentre Giordano si era avvicinato a Liliana. La fissava.

«So che non lo farete mai...» diceva con pacatezza estrema. «Ma sto facendo lo stesso l'unica cosa grande della mia vita... l'unica davvero grande... non ho mai potuto fare una cosa così grande... stasera la faccio...»

Nino era autenticamente commosso.

«Ma voi le cose grandi le fate quando andate a far esplodere le bombe» gli diceva Liliana con dolcezza somma. «Quella è la cosa grande della vostra vita...»

Lui annuì come a se stesso. Come fosse preparato a una considerazione del genere.

«Lo dite perché non volete restare... perché non accettate la mia offerta... ecco perché lo dite...»
Un silenzio sacrale.
«C'è un altro a Bologna che vi aspetta?» domandò con la sua voce arrochita.
Nino presagì la risposta della madre.
«Sì» rispose lei senza indugio. «Purtroppo c'è...»
«Ecco...» disse lui incassando una buona porzione di rammarico.

Un furgoncino con i fanali ad acetilene si avvicinava rischiarando debolmente la strada.
L'uomo che era al volante scese per primo andando ad aprire lo sportello alla Suntina, quindi cominciò a scaricare dal cassone tre capaci taniche militari.
Dopo avere svitato il tappo del serbatoio, recuperò un grosso imbuto di latta.

«È strapieno di benzina!» esultò la Suntina rientrando. «Possono partire subito...»
Liliana si alzò da tavola.
«Ma non possono aspettare domani?» protestava Giordano.
«No, è meglio così...» si schermiva la vedova. «Allora, arrivederci e scusateci...»
«Le zie stasera sono così... ma invece sono buone...» diceva l'artificiere con voce gutturale. «È che hanno paura se mi vedono contento... posso stare male...»
«È meglio che li lasci partire... lo sai che viaggio che hanno?» lo sollecitava l'Eugenia.
«Grazie di tutto... dai, muoviti» diceva Liliana trascinan-

do via il figlio che stava ripulendo col pane il condimento residuo che imbrattava la scodella.

«Allora, addio...» disse Giordano, e aveva negli occhi la commozione degli eventi speciali.

«Addio» mugugnò Nino scontroso.

«Se ci sposavamo, avevamo le bomboniere gratis...» disse l'artificiere forse per far ridere, forse per far piangere.

«Mi dispiace» gli rispose Liliana cercando di apparirgli gentile.

Procedevano nel buio, tagliando in due la grande aia.

«Con quel maiale ci vai a letto per delle tagliatelle stracotte...» sbraitava il figlio. «Con questo che ci offre tutto questo ben di Dio, improvvisamente sei diventata schifiltosa...»

«È malato, malato di testa, lo capisci sì o no?»

«Perché? Se era sano te la dava proprio a te tutta 'sta fortuna?»

Avevano raggiunto l'auto.

Il ragazzo salì al volante richiudendo rabbioso lo sportello.

Liliana era seduta al suo fianco. Silente.

«E adesso guidiamo per tre giorni senza mangiare una sega per andare a chiuderci in quel cazzo di vagone di merda...» L'auto stentò a mettersi in moto. «Grazie, mamma...»

Liliana non reagì, impegnata a occultare le sue lacrime in un piccolo fazzoletto.

Finalmente il motore prese vita con crepitio metallico.

Nino fece compiere alla vettura un'ampia rotazione lambendo per l'ultima volta la facciata del rassicurante edificio dalle finestre illuminate.

Ormai gli incerti fari dell'auto si confrontavano con la grande notte pugliese.

«Dove lo trovo più uno zio così?» si domandò il giovane conducente nel cupo silenzio dell'abitacolo.

Sole pieno sulla strada sterrata.

Di fronte all'auto immobile, il cofano aperto, Nino, impotente, fissava il motore.

«Puttana eva!» imprecava. «Proprio lo spinterogeno!»

«Allora?» domandò Liliana ansiosa, riemergendo dal fossato e ricomponendosi.

«Morta» sentenziò il figlio mutando all'improvviso espressione. «Fermalo... fermalo...» urlava.

Alludeva a un grosso camion che si avvicinava sprigionando fumo.

«Ferma!» gridò la vedova rischiando di essere investita.

L'automezzo frenò in uno sferragliare sordo.

«Scusate, per un meccanico?» chiedeva Nino all'autista.

«A Giovinazzo» rispose l'uomo scendendo dalla cabina nell'intento di sgranchirsi. «Cussa c'è?»

«Lo spinterogeno... andato...» rispose Nino.

«Custa 'na fortuna...» disse il camionista avvicinandosi all'auto. «Si nun ci avete li solda, inutila ca ci andata...» aggiunse intuendo la situazione.

Madre e figlio si guardarono sgomenti.

L'uomo si avvicinava ora alla donna considerandola in tutte le sue parti.

«Ancora fresca...» commentò da esperto.

«Guardate che è mia madre...» reagì Nino risentito.

«Vieni un po' accà... ca forsa potiamo ragionara» propose conciliante.

«Ragioniamo pure...»

Nino e l'uomo si allontanarono appartandosi nell'ombra del grande autocarro.

Liliana rimase in attesa accanto alla vettura.

Qualche istante e il figlio ricomparve avvicinandosi circospetto alla madre. Ne evitava lo sguardo.

«Allora?» gli domandava lei ansiosa.

«L'hai capito, no?»

«Cosa?» insisteva lei.

«Mica sei scema... mamma...»

Il camionista, seduto sul predellino del camion, lanciava occhiate inequivocabili in direzione della possibile preda.

«Ce lo pagherebbe lui...» sussurrò il figlio.

«Cosa?»

«Lo spinterogeno... ce lo pagherebbe lui...»

«In cambio di cosa?»

«Di cosa?» domandò di rimando Nino.

«Di cosa?!» ribatté esasperata la madre alzando la voce. «Vuoi spiegarti, idiota?!» aggiunse presagendo il peggio.

«Guarda che se gli fossi andato bene io... figurati...» rispose il figlio deresponsabilizzandosi del tutto.

Liliana precipitò in uno scoramento abissale.

«Vuoi che vada con quello?» domandava incredula. «Nino... guardami in faccia... vuoi che vada con quello...? Vuoi che tua madre vada con quello...? Pretendi che tua madre... la donna che ti ha generato, allevato... che ti ha insegnato a camminare, a parlare... vada con quello...? Nino... con quello... per uno spinterogeno?!» insisteva sgomenta. «Come puoi solo pensare che possa farmi toccare da quella bestia?! Nino! Tua madre!»

«Continuiamo a dire di no a tutti e poi non lamentiamoci se la fortuna ci volta le spalle...» commentava lui scalciando via sassi.

«Ma cosa dici, deficiente?!» lo rimbeccava lei isterica.

«Allura?» si informava il camionista avvicinandosi. «Sa cumbina?»

«Un attimo, porca puttana!» gli rispose Nino irritato. «Sto parlando con mia madre!»

Il camionista tornò al suo autocarro smadonnando.

«Guarda che sei tu che vuoi tornare a Bologna, io restavo benissimo qui...» mugugnava il figlio.

Lei annuì a se stessa, in uno scatto improvviso di orgoglio.

Si asciugò gli occhi, si ravviò i capelli.

«Giura che poi con quel coso... con quel coso la macchina non si ferma più fino a Bologna!» chiese fissando il figlio con aria di sfida.

«Be', certo, con uno spinterogeno nuovo...» rispose il figlio scrutandola. «Posso farlo venire?»

Lei non rispose.

Nino, ringalluzzito, emise un sibilo nello stile dei pecorai, facendo all'uomo un gesto eloquente.

Liliana stentava a controllare il tremore che l'aveva colta.

«Andiamo là de sotta... ca è comoda...» le propose l'amante cercando di afferrarla da subito per una mano. Ma lei si ritrasse evitando con ribrezzo il contatto.

Il camionista davanti, Liliana dietro, scesero con cautela il dirupo verso il fossato.

La donna a tratti si voltava nella direzione del figlio, lo sguardo che tradiva un'angoscia crescente.

«Dai, mamma, che non è niente...» la rassicurava da esperto il ragazzo.

Ma lo scoppiettio di un motore li sorprese.

Una potente moto, pilotata da un ometto occhialuto, si stava avvicinando. Adagiato all'interno del sidecar, il cappello di paglia ben calzato in testa, Giordano.

«Eccoli!» gridò eccitato. «Eccoli!»

Aveva nello sguardo una soddisfazione somma.

Liliana si era fermata a metà del declivio.

L'artificiere fu rapido a scendere dal carrozzino. Si guardava attorno.

«E lei?» domandò al nipote.

«Là...» rispose Nino indicando la scarpata.

Giordano, nel vederla, sorrise rassicurato dirigendosi verso il ciglio della strada.

«Ho convinto le zie...» biascicava. «Le ho convinte!» sottolineava orgoglioso.

«A fare cosa?» gli domandò Liliana dal fosso.

«A farmi provare a essere vostro fidanzato...» rispose lui in modo precipitoso. «Se accettate...»

Il camionista lussurioso seguiva la conversazione fra i due cercando di coglierne il senso.

«Una prova di tre settimane...» aggiungeva l'artificiere. «Se non vi vado bene, non mi sposate e tornate da quello di Bologna...»

«Mamma, è un miracolo, mamma!» urlava Nino dalla strada.

«Una prova di solo tre settimane... settimane tre» smozzicava Giordano. «Guardate le canne, ce ne sono dappertutto qui... quando è la stagione che diventano gialle... tutte le canne gialle... è già finita la vostra prova...» insisteva lui con il sentimento bello della sua anima.

Ci fu un attimo in cui il cielo, le nuvole, i sambuchi, l'acqua del fosso, il ghiaione parvero porsi in attesa, in una religiosa sospensione di tutti gli eventi del mondo.

«Allora?» domandò ancora lui con timore.

Lei si girò per guardare il camionista nella sua lurida tuta e di certo il suo cuore confrontò il destino che l'attendeva di lì a poco in fondo a quel fosso con ciò che il sorriso infantile di quell'uomo dal cappello di paglia, lassù sulla strada, le prometteva.

E scelse.

«Va bene» sussurrò in segno di resa.

«Ma dai!» gridò l'artificiere Giordano incredulo, con la grande faccia nascosta dentro le mani.

Rideva dalla contentezza e dalla paura.

«Quinda nun sa cumbina più 'na mazza?» domandava ormai solo a se stesso l'impudico camionista.

«Questa la riconoscete... la...?» bofonchiava lui aprendo una porta e introducendo i due ospiti in una vasta stanza della masseria.

«No» rispose Liliana guardandosi attorno.

«La stanza dei vostri genitori... era.»

«Sicuro?» domandò lei con un po' di intenerimento nella voce.

«No... non questa» farfugliò lui.

Lei si girò verso l'artificiere senza capire.

«Sì che era questa...» ammise lui ridendo del suo stesso scherzo, senza riuscire a tenere interamente per sé l'enorme felicità del momento.

«I libri di vostro padre... e qui i vestiti... i loro... ci sono... di allora...» balbettò lui, aprendo gli sportelli di un armadio.

«Non è possibile» disse lei con occhi gonfi di commozione, avvicinandosi a quegli abiti appesi.

«Nel letto lenzuola pulite» aggiunse Giordano indicando il grande giaciglio. «Domani una stanza anche per te...»

«Grazie» bisbigliò Nino.

«Dormite, che sarete stanchi... che poi quando vi svegliate... svegli... abbiamo tanto da dirci...»

«Magari anche una colazione... da mangiarcela» propose Nino.

«Certo» disse Giordano che aveva raggiunto la porta, rinculando. «Allora, buon riposo...»

«Grazie.»

«Una cosa» aggiunse. «Debbo chiamarvi Liliana o fidanzata mia... cosa preferite?» biascicò.

Lei restò per un attimo interdetta dall'ingenuità della domanda. Poi decise di sorridere trovando una risposta che non lo avrebbe ferito.

«Forse Liliana... almeno per i primi tempi... cosa dite?»

«Sì... per i primi tempi è meglio» convenne lui. «Sono contento di avervi qui... voi due... proprio voi due...» specificò fissando entrambi.

«Ma come avete fatto?» gli domandò Nino.

«Cosa?»

«A convincere quelle.»

«Ho fatto» rispose lui con orgoglio. «Ho fatto» ripeté prima di scomparire al di là della porta.

«Li ho messi a letto... loro» smozzicò entrando nella cucina. «La colazione quando si svegliano... bisogna...»

«Gliela fai te...» rispose la Suntina con ben poca disponibilità, ricamando sacchetti di pizzo mentre la sorella incerava fiori di pesco. Entrambe ostentavano un autentico rammarico.

«Non so se ti rendi conto di quello che hai fatto...» ringhiava quest'ultima senza guardare il nipote.

«Avete accettato» reagì lui con la sua voce gutturale. «Vi andava bene...»

«L'hai almeno guardata bene?»

«Perché?»

«L'hai guardata bene sì o no?» insisteva l'Eugenia.

«Certo...»

«E non ti sei accorto di come è diventata brutta...?»

«È la vita che ha fatto» intervenne la Suntina. «Da donna

di strada... tutte le puttane, anche quelle più belle, a forza di fare quel lavoro lì si disfano...»

«Se ne volevi una, se eri curioso... bastava chiedercelo... sai quante ne avremmo trovate a Fasano?»

«Se ti piaceva una così, senza bisogno di sposarla, te la portavamo noi...» si candidava l'Eugenia. «Se uno vuole una puttana, mica la va a cercare al Nord... con tutte le zoccole che c'abbiamo qui...»

«A Fasano, a Tresale, a Malandrone... quelli del Nord se le sognano...»

Per la prima colazione Giordano aveva preparato ogni prelibatezza reperibile in quel luogo e in quel tempo.

Liliana e il figlio, ancora assonnati, fissavano tutto quel ben di Dio disposto con ingenuo amore sul tavolo della saletta da pranzo.

«Mangiate... voi... quello che... mangiate...» farfugliava Giordano incoraggiandoli.

«Grazie, ma è troppo...» si schermiva lei tenendosi stretta sul davanti una vestaglia nera che le copriva a malapena il sottabito.

«L'ho trovata nell'armadio» si giustificava lei.

«Sono contento... della mamma vostra...» disse l'artificiere.

«Allora io approfitto» disse Nino colmando di caffè una capace tazza.

«Sì, certo... bene, certo» farfugliava il padrone di casa.

«A Bologna, di questi tempi, una colazione così» diceva Liliana con gli occhi lucidi «solo nei sogni...»

«Stile Cinecittà...» disse Nino facendo colare del miele su una fetta abbondantemente imburrata.

«Non avevate da mangiare... poco?» domandava il padrone di casa.

«Niente» rispondeva Liliana. «La gente deve arrangiarsi come può...»

«Si sono mangiati tutti i cani e tutti i gatti...» sussurrava Nino. «E persino i pappagallini...»

«Poverini... quelli che parlano...» aggiunse commossa la vedova.

«È arrivato il notaio» disse l'Eugenia che era apparsa sulla porta.

«Debbo andare» annunciò Giordano con sentimentale rammarico.

«Sei sicuro, vero, di quello che stai facendo?» gli domandava il notaio Colliva.

«Loro... non possono più proibirmi di far venire qui chi voglio e starci come mi pare... è scritto così?» domandava Giordano.

«È scritto così» lo rassicurò l'ometto dai canini d'oro.

L'artificiere intinse il pennino nel calamaio. Le due zie lo fissavano tesissime, prossime a una crisi di pianto.

«Lo facciamo solo per il suo bene...» spiegò l'Eugenia, incapace di frenare le lacrime.

«Almeno la vigna e l'uliveto, salviamo quelli... con 'sta donnaccia che zoccola per casa...» aggiunse la Suntina.

«Una firma qui e una qui...» indicò il notaio rassegnato.

«Dov'è vostro figlio?» domandò lui, rientrando nella saletta da pranzo.

«Là fuori» rispose la vedova che stava sparecchiando la tavola.

Giordano si avvicinò alla finestra.

Nino era sdraiato al sole, al centro del prato, la bocca spalancata, le braccia e le gambe aperte, vittima di un sonno totalizzante.

«Abbiamo accettato di tornare...» diceva adesso lei. «Voi ci avete salvati da una situazione senza uscita... siete stato molto buono...»

Lui la ascoltava senza capire.

«Ma se davvero dovessimo...» Liliana stentava a trovare una successione soddisfacente di parole, che esprimesse in modo rapido, indolore, il suo pensiero. «Se, insomma... davvero dovessimo rimanere... non possiamo farlo così... senza fare niente... anche per quello che si può pensare in giro... le vostre zie... lo capite... dobbiamo ripagarvi...»

«Non c'è niente da pagare... niente da...» protestava lui. «Mica si paga per essere fidanzati, qui in Puglia...»

Lei rise.

«Lo so...» disse. «Ma dobbiamo guadagnarci quello che ci date... almeno provarci... io posso aiutare qui in casa e Nino... lui è un ragazzo forte... non è mai stato fortunato, anche se le ha provate tutte...»

«Cosa sa fare?» annaspò lui.

Lei si accese di entusiasmo.

«Tutto... è bravissimo in tutto... nell'elettricità... nelle automobili... persino nel cinematografo... ha fatto tre esami per diventare avvocato... come mio padre... poi la guerra...»

Nino era alla guida dell'auto rubata.

Accanto a lui sedeva Giordano, in abito nero e cappello di paglia.

«Vi farò fare una bella figura...» lo rassicurava il ragazzo. «Se a me mi trattano bene, difficile che non faccia una bella figura...»

L'auto nera percorreva la lunga strada che costeggiava il mare.

«Così lui mi fa... tu qui sei il migliore, però ti debbo cacciare via...» raccontava Nino.

«Eri il migliore e ti cacciava via... proprio?» gli chiedeva lo zio con voce gutturale.

«Esatto.»

«Perché?»

«Al Nord sono tutti cattivi... qui non lo sapete, ma mi è capitato spessissimo...»

«Che sei il migliore e ti cacciano... via, proprio te?»

«Certo, e con un sacco di complimenti...»

Tacquero.

L'auto stava entrando nell'abitato di Fasano.

«Il figlio di Edgardo, mio nipote... mio...» disse Giordano sospingendo Nino all'interno del piccolo ufficio ingombro di carte.

«Nino... piacere...» disse il giovane.

«Notaio Colliva» disse l'uomo dai canini d'oro. «Non somiglia una mazza a tuo fratello...»

«Però è quasi avvocato» farfugliò Giordano. «E garantisco io, garantisco io che è serio... che è...»

Ci fu uno scambio di sguardi fra l'artificiere e il notaio.

«Aspetto giù... così parlate liberi... in libertà... sto giù...» aggiunse Giordano ritirandosi con discrezione.

Nino e Colliva erano soli.

«Così tu sei il figlio della "fidanzatina"?» gli domandò Colliva con scarsa simpatia.

«Be', sì» rispose Nino a disagio.

«Ma l'avete capito che non ci sta con la testa, che non è normale...? Che è stato anni in manicomio?» insisteva il notaio «Che per poter avere tua madre qui con lui ha dovuto intestare a quelle due iene metà della proprietà?»

Nino ascoltava e taceva.

«Lo sapete che è l'uomo più buono del mondo...? Che se lo mandano a sminare è perché se salta per aria non gliene frega niente a nessuno... l'avete capito sì o no?»

«Sì...» disse Nino a mezza bocca.

«Non è bello se ve ne approfittiate perché è sempre stato rimbambito di tua madre... non è bello; e lui, poveraccio, non se lo merita proprio...»

«Sì» mugugnò Nino.

Furono interrotti dall'ingresso nella stanza di una ragazza di esplicita bruttezza.

«Noi andiamo» annunciava con la sua vocetta leziosa.

«Mariagrazia... mia figlia» disse il notaio.

La ragazza aveva raggiunto una cassaforte incassata nella parete.

«Piacere, Nino Ricci.»

«Onorata...» disse lei riponendo all'interno del forziere una mazzetta di banconote di grosso taglio.

«Ariano!» strillò in direzione della porta.

«Sono qui» rispose un ragazzone grosso, dal volto glabro, che era comparso sulla porta.

«Mio marito» disse Mariagrazia, richiudendo lo sportello della cassaforte con una mezza dozzina di giri di chiave.

«Dovete collaborare» diceva Colliva alla figlia. «Qui mica tutti se lo possono permettere un vero avvocato del Nord...»

«Certo» rispose Mariagrazia che scrutava con sguardo nuovo Nino Ricci. «Allora a domani, avvocato...»

«A domani» le rispose il giovane con un minimo di imbarazzo.

Marito e moglie se ne erano andati.

«Da quando è tornata dal viaggio di nozze è storta» commentava il notaio. «Non si sa come prenderla...»

«Anche i viaggi di nozze deludono» sentenziò il giovane avvocato bolognese.

«Sono andati a Bari, sei giorni all'Hotel Stazione...»

«Però.»

«Se mi sbaglia i conti della cassa cambiali, lo sapete cosa succede... quella è sacra più della Banca d'Italia...»

«Molto di più» disse il ragazzo ostentando un esubero di saggezza.

«Bravo, anche di più...» convenne il notaio guardando il nuovo collaboratore con evidente compiacimento. «Sarà tempo che parliamo del tuo stipendio...»

«Come volete...»

Liliana, inoltrandosi nella successione di corridoi e stanze della grande masseria, aveva raggiunto le cucine.

La Suntina, di schiena alla porta, stava lavando stoviglie in una mastella d'acqua.

«Posso aiutarvi?» le chiese la vedova avvicinandosi.

«Non serve» le rispose acida la donna senza girarsi.

Lei non rinunciò, andando a porsi di fronte all'anziana donna.

«Voi lo sapete bene che io qui non ci volevo tornare...»

«Però ci siete tornata...» replicò sarcastica la Suntina. Aveva gli occhi arrossati dal pianto e la voce rotta dalla commozione.

«Eravamo disperati, con la macchina rotta... senza un soldo... io lo so che ci odiate... so cosa pensate di me e di mio figlio... che siamo qui per approfittare di uno così... che stiamo sfruttando una situazione in modo schifoso... non è così?»

«Voi non l'immaginate cos'era questa casa prima della vostra lettera... il paradiso...»
Liliana annuì.
«Ma lui ci ha detto che eravate d'accordo... che eravate d'accordo che tornassimo, ce l'ha giurato...»
La Suntina evitò di rispondere. Si asciugava le mani in uno strofinaccio guardando la campagna oltre la finestra.
«Si è piantato in testa di sposarvi... a qualunque costo... è disposto a rinunciare a tutto quello che ha pur di riuscirci... dovreste essere contenta...»
«Ma è un malato» ribatté Liliana incredula. «Lo sapete bene... come potete pensare che io possa sposare davvero uno così...»
La Suntina si girò, cercando il suo sguardo.
Per la prima volta le due donne spartirono una eguale pena.

Giordano e Nino erano immobili sulla porta della stanza. Raggianti.
«Abbiamo una notizia» farfugliò l'artificiere.
«Quale?» domandò Liliana guardando il figlio.
«Una notizia... una bella... notizia... grande» ribadì Giordano.
«Un lavoro» disse Nino scandendo le parole. «In uno studio notarile... mi pagano e mi chiamano avvocato...»
«Avvocato... come il nonno?» domandò lei mentre gli occhi le si riempivano di un liquido prezioso.
«Avvocato... come il nonno...» ripeté Nino.
«Non stai scherzando, vero...? Non è una delle tue solite bugie?»
«No... è assolutamente vero, mamma.»
«È così...» confermò l'artificiere.

Lei si buttò sul figlio, stringendolo con tutta se stessa.

«Pensa se lo sapesse tuo nonno... fai l'avvocato... il suo sogno... ti rendi conto, Nino...? L'avvocato... come voleva lui...» ripeteva lei al culmine della gioia.

«Vi lascio soli» farfugliò Giordano. «Soli, vi lascio...» sussurrò abbandonando con discrezione la stanza.

«Racconta, dai... voglio che mi racconti tutto... senza saltare neanche una parola...» disse la madre al figlio facendolo sedere accanto a sé sul letto.

«La prima cosa che gli è piaciuta è che gli ho parlato male di quelli del Nord...» esordì il sagace Nino.

«Vi debbo ringraziare...» disse lei entrando nella saletta.

«Non è niente» si schermì Giordano che stava ghirigoreggiando cartoncini.

«Invece avete fatto una cosa importante... per Nino... e quindi anche per me...» disse fissandolo.

Lui ora le sorrideva.

«Allora posso farvi una... domanda... intima... domanda...»

«Intima come?»

Lui adesso aveva uno sguardo furbo.

«Lo soffrite ancora il solletico?»

«Io?!» le chiese lei trasecolando.

«Ve l'avevo detto che era intima... che era...»

«Come fate a ricordarvelo?»

«Mi ricordo di tutto...» tartagliò lui, e in quel "tutto" non c'era assolutamente nulla che venisse omesso.

«Anche solo a farvi così?» le chiese lui allungando una mano, agitandola appena, avvicinandola al suo corpo senza neppure sfiorarglielo.

Fu sufficiente quel gesto per produrre in Liliana una reazione spropositata: indietreggiava ridendo in modo superlativo, incalzata da quella mano inoffensiva.

«Nooo... nooo... vi prego... così... nooo...» lo supplicava travolta da una risata convulsa.

Nell'avanzare, lui inciampò travolgendola.

Caddero entrambi, uno sull'altra, su un provvidenziale divanetto.

Quella vicinanza improvvisa fu occasione per entrambi di impaccio sommo. Fu tuttavia quella stessa vicinanza a indurre Giordano a un gesto estremo: appiattì maldestramente la sua mano su un seno di lei.

Pietrificati dall'ardire di quel contatto, si fissavano.

«Cosa state facendo?» gli domandò lei, spaurita da quella violazione della sua intimità.

«Niente» farfugliò l'artificiere avvertendo all'improvviso l'enormità della sua sfrontatezza.

Cercava nel bracciolo del divanetto un punto di appoggio per una repentina ritirata.

«Mi dispiace» bofonchiò risollevandosi con palese senso di colpa.

«Spero vi rendiate conto di...»

«Sì... sì...» si precipitò ad ammettere lui cercando di celare in un sorriso vago la grande vergogna che viveva. «Mi dispiace... credevo che i fidanzati potessero... i fidanzati...»

«Non so proprio per chi mi avete presa...»

«Era un gioco... che facevate... sempre... con mio fratello...» replicò Giordano. «Con lui vi piaceva... non vi arrabbiavate mai...» disse, e aveva negli occhi l'abbacinante luce dell'estate.

«Lui era lui» sentenziò Liliana al centro della saletta delle immacolate bomboniere.

Nino era stato allocato in una stanzetta dal soffitto basso e dalle travi imbiancate di calce.

Stava ripiegando con cura i pantaloni quando fu raggiunto da una voce penetrante che gorgheggiava fuori, nella campagna dei grilli.

Nella grande stanza da letto di Liliana la voce del cantore giungeva più nitida, più vibrante.

La donna, incuriosita, si alzò dal letto.

Scostò appena le imposte.

Un uomo, munito di fisarmonica, cantava in quel poco di luna che sbiancava l'aia.

Ugo di Dante era un uomo sulla cinquantina, pallidissimo, dai capelli tinti e dai baffi acuminati.

Allampanato e curatissimo nel vestire, accompagnava il suo canto con uno strumento superbo, il cui soffietto dipinto disvelava, nell'aprirsi e nel contrarsi, il corpo di una donna che si offriva all'amplesso.

La sua salmodia d'amore celebrava la pena di chi attende all'infinito colei che non si concede, sorda e cieca nei confronti dell'uomo che veramente la brama e che per lei affronterebbe le più perigliose prove.

Lei avvertì una sorta di smarrimento crescente. Un illecito risveglio dei sensi.

Quell'uomo, la sua canzone, parevano essere lì per disvelarla a se stessa, riconducendola a una stagione della sua vita, a una sua natura segreta che mai aveva rivelato ad alcuno.

Visse all'improvviso un fortissimo, misterioso turbamento.

Giordano, occultato dalle frasche, dietro il cantore, si limitava ad annuire con il capo, condividendo quell'invocazione con ansia profonda e traspirazione abbondante.

La Suntina e l'Eugenia, inginocchiate dinnanzi all'immagine della Vergine, le orecchie tappate dal cotone, recitavano imperterrite il Rosario.

Fu quel lamento d'amore a riaprire in Liliana la ferita atroce della giovinezza e la dolcissima voglia che venisse lenita. Fu quel lamento d'amore a struggerla nel profondo e le piacque sentirsi nuovamente in pericolo, preda di quella minaccia che quel maschio canterino, emerso dallo sconfinato buio della Puglia, evocava.

Da quella notte Liliana si seppe nuovamente, misteriosamente ragazza.

Mentre Nino riordinava un registro, Mariagrazia contava le banconote.

«Così siete andati in viaggio di nozze a Bari?» le domandò lui.

«Sì» rispose lei senza sollevare lo sguardo.

«Sarà stato bello.»

«Questione di gusti...»

«Vi sarete divertiti...»

«Abbastanza...» rispose lei facendo di quell'avverbio un sinonimo di "assolutamente no!".

Si era alzata e riponeva nella cassaforte il pacco di banconote stretto in un elastico per mutande.

«Il mio viaggio di nozze lo faccio in stile Cinecittà...» disse lui.

La ragazza, che stava serrando l'armadietto blindato, manifestò la sua curiosità.

«Cioè?»

«Un albergo in cima alla scogliera schiaffeggiata dalle onde... capito?»

«Sì.»

«Ordino da mangiare per giorni e giorni... capito?»

«Sì.»

«Mi chiudo dentro la stanza con tutte le candele accese che si riflettono nella specchiera... e vai...»

Lei lo fissava ormai trascinata chissà dove.

«... Per tre, quattro, cinque giorni... senza smettere se non per addentare una coscia di caviale...»

Lei sorrideva scuotendo la testa, cercando di liberarsi di quella suggestione.

«Ma queste cose non esistono...» diceva deglutendo saliva «neanche nei film...»

«Esistono eccome...» la contraddisse lui fissandola con sguardo bolognese.

«Forse qualche uomo malato...» immaginò lei.

«Allora io sarei malato... mi debbo far curare... ditelo voi... mi debbo far curare...?»

Fu in quell'istante che i loro sguardi si incrociarono in un illegittimo indugio.

«Perché, vostro marito non ce l'ha questa malattia?» le domandò Nino con fare insinuante.

«No... no... lui proprio no...» replicava lei ridendo scandalizzata solo all'idea.

«Meglio, così la notte vi lascia più tranquilla.»

«Per quello sì...» rispose lei alla ricerca dei lati positivi della faccenda.

«Siete fortunata» concluse lui.

«Eccome» concluse lei.

Liliana poneva nei piccoli fazzolettini di tulle alcuni confetti per poi foggiare maldestramente sacchetti da richiudere con un nastro.

«No, non così...» la correggeva l'esigente Eugenia. «Non vedete che sembra vuoto...?»

«Meglio che lasciate fare a noi...» si intromise la Suntina.

«Ma no, ve l'ho detto che voglio imparare...»

«E allora state più attenta...» disse l'Eugenia perentoria. «E dormite la notte...»

Lei sentì su di sé lo sguardo di entrambe le donne.

«Mica è colpa mia se là fuori c'è chi canta...» replicò la vedova. «Mica l'ho chiamato io quello là...»

«Quando i carabinieri hanno portato via... portato... mio fratello... lui... sono venuti a cercarlo per tutta la casa e l'hanno trovato che si era nascosto... si era... sul tetto...» bofonchiava Giordano. «Per portarlo via sono passati di là...»

Lei gli si avvicinò.

Lui era accanto alla finestra e le indicava l'esterno.

«Da quella notte non l'abbiamo più visto... non più... mia madre bruciò tutte le sue cose, i suoi quaderni... i suoi vestiti... persino il suo materasso... persino... che faceva il suo odore e la faceva piangere... lei la faceva...» tacque per qualche istante. «Ogni sera lei portava fuori una sedia e si metteva là, fra quei due nespoli, a guardare verso la strada, come se dovesse tornare... certe sere si addormentava là fuori, e quando l'andavamo a chiamare non voleva venire...»

L'artificiere si era avvicinato alla piccola credenza recuperando da un cassetto un pacchetto stretto da un nastro.

«Ogni Natale... la mamma... lei... riceveva una di queste da Bologna... dove non c'era scritto niente... non c'era... lei la baciava e la metteva qui... vedete... la metteva... guardate...» aveva sciolto il legaccio lasciando che le tante cartoline si disseminassero sul ripiano del tavolo. «Io allora, dalla rabbia, andavo al caffè di Fasano... lì andavo... per cercare di litigare con qualcuno... e più grosso era e più ero contento... ero...»

«Io mi ricordo di voi come di un ragazzino buono...»

«Non sono mai stato buono» obiettò lui sorridendo. «Se ero buono, sarei andato nei preti...»

Lei fissava le immagini della sua città.

«Vorreste tornarci?»

«Ormai non c'è più nessuno...» rispose lei con una vena di rimpianto.

«Neanche quello che vi aspetta?» domandò lui con paura.

Lei sorrise appena.

«Non lo so...» disse.

«Ve lo ricordate quando venivate giù al mare... venivate... con la vostra famiglia?»

«Allora?»

«Io ero lì dalla mattina presto... ad aspettarvi... da presto...» le confidava. «E senza guardare, senza girarmi... lo sapevo se c'eravate o no... lo sapevo, io...»

«E come facevate?»

«Dall'odore del vostro sapone... aspettavo quello... non c'era bisogno che mi girassi per vedere... sapevo che c'eravate ed ero contento... ero...» farfugliò in un momento di sconquasso sentimentale.

Lei lo guardò e, all'improvviso, ebbe paura di quella sconfinata tenerezza.

«Leggete cos'ha scritto... proprio di suo pugno...» diceva Nino a Mariagrazia.

«A Nino Ricci con l'augurio che...» lesse la ragazza decifrando a fatica la grafia della stella del firmamento cinematografico.

«... che presto sia lui ad autografarmi una sua foto...» le suggerì Nino.

La poco attraente contabile allungò il ritratto al marito.

Ariano lo esaminò con attenzione.

«È qui» sentenziò.

«Chi?» domandò Nino.

«Questo...» sancì il bamboccione pugliese.

«Come qui?!» domandava il finto avvocato al colmo dell'incredulità. «Ma lo sapete chi è questo?! Enzo Fiermonte... il divo... il protagonista di *Fra Diavolo*, dell'*Ultimo combattimento*, di *Spie fra le eliche*?! Ma che cazzarola dite?! Scusate, eh?!»

Indifferente a tutto, Ariano pareva non avere dubbi.

«Era nel nostro albergo a Bari...» disse restituendo la foto alla consorte. «Quello che cercava le lumachelle di mare...»

«Cercava i soldi per pagarsi il film, altroché lumachelle di mare...» replicò più pragmaticamente la sposa.

«Nino Fiermonte le lumachelle di mare...?! Ma mi volete prendere per il culo? Scusate, eh...» L'eccitazione era tale da farlo trascendere.

«Prego» stava dicendo ora Mariagrazia a un sacerdote dalla veste impolverata che si era affacciato alla porta dell'ufficetto.

«È qui che si pagano le cambiali?» domandava.

«Sì, qui... prego.»

Nino, scosso dalla rivelazione, fissava il vuoto.

«Enzo Fiermonte qui a Bari a cercare le lumachelle di mare?!» si ripeteva incredulo.

Furono sufficienti pochi istanti alla donna per recuperare il documento di pagamento.

«Sono trecentocinquanta lire... più tre e cinquanta per le spese notarili...» disse al religioso che fu rapido nel consegnarle il denaro.

«Avvocato... se vuole registrare, per favore...» lo sollecitava lei.

«Sì, certo... ecco...» rispose Nino cercando di ristabilire un rapporto verosimile con la realtà che lo circondava.

Ricevette il denaro dalle mani della donna mentre il sacerdote abbandonava l'ufficio.

«Non è possibile...» sussurrò Nino con gli occhi che gli si enfiavano di lacrime. «Siete lui... proprio lui...»

«Sono lui» confermò il divo.

Enzo Fiermonte era un bellissimo uomo sulla quarantina. Indossava una succinta vestaglietta da pugile.

«Scusate,» smozzicò il ragazzo reggendosi allo stipite della porta «credo di sentirmi male...»

«Entrate, sedetevi...» gli disse premuroso il divo.

Nino Ricci si trascinò all'interno della stanza abbandonandosi su una poltroncina ingombra di indumenti.

Respirava a fatica, lo sguardo fisso su quel magnifico essere che stava posando sulla fiamma di un fornello una piccola padella.

«Forse non vi ricordate più di me...» ansimò il giovane che via via recuperava ardire e forza. «Sono Nino Ricci di Bologna.»

«Quello?!» domandò il divo con un'espressione di malcelato fastidio. «Quello di tutte quelle lettere?»

«Due anni e mezzo che non mi rispondete più...» si lamentava il finto avvocato.

«Ve l'avranno detto che c'è stata la Seconda guerra mondiale...»

«Mi hanno detto che state finalmente realizzando il vostro film... del quale avete parlato in tante interviste...»

«C'è ancora qualche problema...» ammise l'attore.

La stanza dell'Hotel Stazione con ogni evidenza fungeva da palestra, camera da letto, lavanderia, cucina e ufficio di produzione.

«Problema non economico?» azzardò Nino col tono di chi dice uno sproposito.

«Vi sembrerà madornale, ma è così...» ammise l'altro.

«Voi siete un grande artista... i problemi economici lasciateli a noi mortali...» disse Nino convinto di aver azzeccato una battuta efficace.

In realtà Fiermonte lo guardò in modo nuovo.

«Non ditemi che sareste interessato?»

«Be'... dipende» ammise il ragazzo, cogliendo il mutato atteggiamento dell'altro. «Dipende da quanto c'è da investire...» aggiunse con una certa dose di sussiego.

«Vi piacciono le lumachelle di mare fresche fresche?» gli chiese la stella di Cinecittà sottraendo alla fiamma del fornello la padella crepitante.

«Annuncio generale a tutti i presenti: i miracoli avvengono, eccome!» affermò Nino facendo il suo ingresso nella saletta da pranzo dove sua madre, Giordano e le due zie stavano cenando.

«Cosa?» gli domandò Liliana.

«Enzo Fiermonte... cosa ti ricorda?» chiese il ragazzo trattenendo a stento la grande eccitazione che lo animava.

«Mica l'attore?» domandò lei.

«Lui!... lui, mamma... è qui... a Bari... l'ho conosciuto di persona... ti ricordi di tutte le lettere... be', non sai come mi ha accolto... amicissimi...»

«Come hai fatto?» gli domandava la madre ansiosa.

«Sta per girare un film qui... ha bisogno di aiuto... gli hanno parlato bene di me... mi ha chiesto di stargli vicino...» diceva sforchettando maccheroni rossi di sugo «di aiutarlo... e io ci voglio riuscire... è un'occasione che ti capita una volta nella vita... e non può essere un caso... si vede che anche la mia ruota della fortuna ha girato, no, zio?» domandò senza avere una risposta adeguata.

«Così te ne vai?» gli domandò ringalluzzita la Suntina.

«Poi torno» la rassicurò fulmineo lui.

«E con il lavoro?» domandava Giordano fino a quel momento muto.

«Ho chiesto il permesso al notaio... è più contento lui di me... lo credo bene...»

«Io lo so che avete già fatto tanto per me» diceva Nino con atteggiamento patetico. «È che, se potessi avere un po' di soldi da investire...»

L'artificiere, aiutato da un ometto, stava caricando sul cassone di un furgone la sua attrezzatura.

«... Mica regalati... in prestito... Fiermonte mi ha detto che la dà solo a me questa opportunità... basta che gli porti trentamila... ma anche solo ventimila lire... lui le accetta... e mi aggrega...»

«Ma lo sai... lo sai quante sono... lo...?» gli domandò Giordano che aveva esaurito il carico.

«Ve l'ho detto: è solo un prestito...»

«Se vai con quelli, non torni più... non torni...» farfugliò l'artificiere.

«Perché?»

«Non torni più e neanche tua madre...»

«Cosa c'entra mia madre?»

«Se vai via... se vai... anche lei... se vai... se ne va... se ne... lo sai...» disse Giordano che, facendo forza sulle braccia, si era issato sul cassone sedendosi con le gambe che gli pencolavano nel vuoto.

«Ma no... mia madre... ve lo prometto... lei resta...»

«No, lei non resta... no...» ribatté lui, colpendo con una robusta manata la fiancata dell'autocarro come segnale di partenza.

«Se vai via te... se... lei non resta...» smozzicò ancora l'uomo, mentre il camioncino si allontanava lungo il malagevole tratturo.

Nino, furibondo, calciò verso il cielo una zolla di terra sollevando un pulviscolo d'oro.

«È messa male... sta là sotto...» diceva il contadino dai capelli rossi indicando la lama dell'aratro conficcata nella terra in mezzo al campo.

Giordano lo ascoltava indossando la sua armatura fatta di piastre di ferro.

«Fortuna che le bestie se ne sono accorte... e si sono tirate indietro...» continuava il colono. «È piccola... ne hai già fatte saltare tante come questa... basta svitare la spoletta...»

Giordano annuiva appena.

«Ma mi stai a sentire?» gli domandò il rosso.

«Certo» farfugliò l'artificiere, che aveva la testa altrove.

Percorse la gran parte del campo prima di raggiungere il punto in cui la lama lucente dell'aratro aveva incontrato la mina.

Si mise in ginocchio nella terra appena smossa, fissando quel grosso ordigno di colore verdastro.

Estrasse dalla tasca posteriore delle braghe una chiave inglese.

La avvicinò alla mina nel punto in cui fuoriusciva una sorta di bullone.

La mano gli tremava e l'attrezzo stentò a imprigionarlo correttamente.

Dopo alcuni tentativi, irritato con se stesso, si strappò gli occhiali asciugandosi la fronte.

Tentò la pericolosa manovra una seconda volta.

Finalmente la morsa raggiunse il dado serrandolo.

Con una mano tenne ben fermo l'ordigno mentre con l'altra tentava di svitare il bullone.

Invano.

Accrebbe lo sforzo.

La chiave all'improvviso gli sfuggì dalla mano schizzando via.

Respirava a fatica.

Si asciugò nuovamente il sudore dalla fronte.

«Tutto bene?» gli urlò qualcuno dal fondo del campo.

Lui si risollevò a fatica.

Recuperò da terra la chiave, gli occhiali e tornò sui suoi passi liberandosi rabbioso delle lamiere di ferro.

«Allora?» gli domandava il rosso.

«Niente» rispose scaraventando sul cassone del camioncino le lastre di ferro. «Chiama quelli dell'esercito, io non sto bene...»

«Quelli non vengono... lo sai che ci mettono dei mesi...» replicò il contadino.

«Ma hai svitato la spoletta, non è che...» domandava un altro.

«No, no... puoi lasciarla lì finché vuoi... non succede niente...» rispose Giordano rassegnato.

Due uomini della famiglia, forse per accertarsi, si avviavano verso il centro del campo, avvicinandosi incuriositi all'ordigno.

«Mi dispiace davvero» ripeteva l'artificiere, e aveva lo sguardo della sconfitta. «Dai, riportatemi a casa... riportatemi...»

All'improvviso, dal centro del campo, una detonazione maiuscola.

Uno dei due uomini scaraventato al suolo.

Correvano tutti nella direzione dell'esplosione.

Le donne gridavano presagendo il peggio.

Lui immobile, terreo in volto.

Attimi di attesa interminabili.

Dovette aggrapparsi a una sponda del cassone del camion per controllare il tremore.

«Allora?!» riuscì a gridare.

«Tutto bene!» urlò finalmente qualcuno da laggiù. «Mi volevi ammazzare, eh?!»

L'uomo investito dalla deflagrazione si era rialzato.

Le grida si erano trasformate in risate, in urla di gioia.

Lui si issò sul camion, che si mosse di lì a poco scatarrando.

Seduto sul retro, guardava verso terra la strada, i sassi, l'erba, il fumo dello scappamento.

«Non mi era mai capitato di sbagliare... così... mai... prima...» le confidava Giordano.

«E com'è possibile?» gli domandava lei.

«Non lo so» le rispose lui. «È che ho avuto paura... non l'ho mai avuta... paura... mai avuta... paura di morire... di non poter più tornare qui... qui da voi... paura...» diceva senza avere il coraggio di guardarla. «E in questo mestiere non si deve... ero bravo quando non avevo paura... erano le bombe che avevano paura di me...» sorrise. «Erano loro che si nascondevano... adesso non sono più bravo...» ripeteva fissando il muro d'edera frusciante di ramarri.

Nella penombra notturna del piccolo ufficio, rischiarato solo da una pendula lampadina, Mariagrazia spartiva banconote in mazzette, facendole scorrere rapide fra le dita.

«Ma a contare tutti quei soldi vi sciupate le mani...» la rimproverava Nino galante.

«Scherzate, vero?» replicò lei cercando il suo sguardo.

«No, lo sapete che non scherzo...» le disse lui prendendole una mano e scrutandogliela. «Avete una linea della passione interminabile...»

La contabile ebbe come una sorta di cedimento mentre il presunto avvocato aveva accorciato la distanza fra la mano di lei e la propria bocca.

«Posso baciarvela?» domandò d'un fiato.

«Perché?» chiese lei ormai indifesa.

«È un modo per conoscervi...»

«Quale?»

«Non lo sapete che nel cavo della mano le donne nascondono la parte più segreta di loro stesse?»

«Ma dai...» si schermiva lei tentando di sottrarre quella parte di sé divenuta d'incanto così ambita.

«Mica c'è niente di male a rivelarsi a se stessi...» insisteva Nino.

Lei, seppur riottosa, cedette.

Lui, fissandola con sguardo definitivamente sensuale, le lambì più volte il palmo della mano con la punta della lingua.

La giovane fu percorsa da un brivido che, salendo dai glutei attraverso i lombi, le spalle, il collo, raggiunse il cervello invadendolo e inibendolo a qualsivoglia connessione con la realtà.

Nino la avvertì interamente sua.

A quel punto la adagiò con sapiente delicatezza su quel tavolo ingombro solo in parte di mazzette bene ordinate di banconote.

Lei, totalmente liquefatta, gli chiese.

«Non è che mi possedete, avvocato?»

Liliana stava apparecchiando la tavola.

«È che non capisco...» farfugliò lui, che cercava goffamente di aiutarla.

«Cosa?»

«Se il nostro fidanzamento... fidanza... sta andando avanti o è fermo... o è...?» le chiese con voce gutturale e autentica trepidazione.

«È un po' fermo» rispose lei con precipitazione, accorgendosi prontamente di averlo ferito.

«Vedete... in amore... mica basta che ci sia uno che vuole tanto l'altro... lo capite... almeno un po' si debbono volere tutti e due...»

«E come si fa?» domandò lui.

«Se lo sapessi...» sorrise malinconica lei.

«Basta aspettare?» azzardò lui.

«Chissà...»

«Proviamo ad aspettare ancora per vedere se ci vogliamo tutti e due un poco?»

«Proviamo» convenne lei, celando solo in parte il suo scetticismo.

Nino entrò nella grande cucina carico di abiti da uomo.

«Me l'ha detto lo zio che posso prenderli...» comunicò alle due donne che stavano cucinando.

Depositò i vestiti su una sedia.

Dopo un rapido esame, decise di cominciare da una giacca di lino.

«Se dovessi davvero dare una svolta radicale alla mia vita... quelli del cinematografo mica si vestono come la gente normale...» disse indossando l'indumento. «Scusate... se volessi farmi stringere questa giacchetta... qui sui fianchi e qui...» chiedeva «e magari aggiungerci una bella martingala?»

Le due donne lo guardavano commiserandolo.

«Te la fai da solo...» gli rispose la Suntina senza smettere di sbucciare le cipolle.

«Io?!» sorrise incredulo l'aspirante cineasta.

«Io no di sicuro» lo rassicurò la donna.

«E voi, zia, sareste disposta?»

«Non ci penso neanche» rispose senza indugio l'Eugenia.

Il disappunto di Nino andò a confondersi con lo strepito ostinato di un clacson.

Anche Giordano e Liliana erano stati raggiunti dal gracidio ripetuto di quella tromba.

Lui si era avvicinato alla finestra.

Un'auto di colore grigiastro stava emergendo dal grande buio della notte ed entrando nella zona di povera luce della masseria.

«Chi è?» domandò Liliana.

«Mi sembra... Colliva... il notaio... lui... Colliva... mi...» bofonchiò Giordano.

Anche Nino e le zie si erano accostati alla finestra della cucina.
Il giovane parve riconoscere qualcosa, qualcuno.
All'improvviso sembrò allarmato, divenne pallidissimo.

Nel frattempo, all'esterno, l'uomo al volante, senza abbandonare l'auto, continuava a pestare sul clacson.

Giordano si risolse a uscire.
Nino, nel frattempo, aveva raggiunto, come in cerca di protezione, la madre.
«Cosa sta succedendo?» gli chiese lei.
«Cosa ne so...?» le rispose lui agitatissimo.

Giordano era ormai all'esterno.
L'auto immobile, a pochi metri dall'ingresso dell'edificio, i fari ad acetilene accesi e quella tromba che non pareva placarsi.
L'artificiere si avvicinò riconoscendo il notaio seduto, pallidissimo.
«Cosa c'è?» gli chiese.
«Voi avete garantito per quello!» ansimava Colliva continuando a pestare sul clacson.
«Smettetela di suonare... di suo...» gli intimò Giordano.
Ma l'altro non smise.
«Trentacinquemila lire!» gridava in un fiato. «Tutta la cassa del mese! Ha rubato tutto!»
Giordano sbiancò.

Le grida del derubato avevano raggiunto anche la saletta da pranzo.

Liliana si era girata verso il figlio, scrutandone lo sguardo alla ricerca di un'improbabile smentita al suo atroce dubbio.

«Trentacinquemila lire!» urlava quello da fuori. «Una fortuna!»

«Non ho chiamato i carabinieri perché questa schifosa non vuole...» Solo ora Giordano si accorse di Mariagrazia, smunta, frignante, celata nel retro dell'auto.

«Potevo farlo» gridava Colliva. «Chiamare i carabinieri e risparmiarmi questo viaggio... venivano direttamente loro... lo ammanettavano e lo sistemavano per sempre...»

«Come fate a essere sicuro... sicuro... che è stato lui... che è stato?» domandava Giordano.

«Lei,» rispose il notaio che finalmente aveva smesso di suonare il clacson «questa troia, lo capite sì o no?!»

«Mi ha sedotta» ammise fra le lacrime la ragioniera. «Completamente» specificò.

«Quello si inventa tutto...» protestava Nino in carenza di fiato.

«Li hai rubati davvero tu tutti quei soldi?! Li hai rubati tu... Nino?!» si struggeva la madre.

«Ma scherzi, mamma...? Io quello lo denuncio, io... altro che lui... li vado a chiamare io i carabinieri... altro che lui... che lo sbattano dentro...» minacciò ormai privo di qualunque credibilità.

Liliana piangeva.

«Sono quelli dei film... i soldi che hai dato a quello... lo so... lo so... sono quelli...» ripeteva in un singulto crescente.

Le due zie, sulla porta della stanza, assistevano allo strazio di quella madre, al terrore del figlio, mentre le urla dall'esterno si chetavano.
«Avete riportato in questa casa il demonio...» sibilò la Suntina. «Come allora...»
Liliana si girò verso la donna, sgomenta.

Giordano rientrò.
Un eloquente scambio di sguardi con il nipote.
«L'avete capito, vero, che quello si sta inventando tutto...?» balbettava Nino. «Non è colpa mia se sua figlia è una grandissima civetta e fa un gran casino con i conti...»
Ma l'artificiere parve non ascoltarlo. Appesantito dalla pena, si diresse verso la sua stanza.

«Dove vai, adesso?» gli chiedevano le zie che gli erano appresso.
«A Bari... debbo andare a Bari... subito... debbo...» disse, e aveva cominciato a svestirsi.

Dopo qualche minuto ricomparve nella saletta da pranzo. Aveva indossato l'abito nero e il cappello di paglia.
«Non trovo la chiave della cassetta...» comunicò.
«Quella no!» si oppose l'Eugenia angustiata.
«Ma sono le cose d'oro di tua madre...» lo implorava la Suntina.
«Dov'è?» domandò ruvido lui protendendo una mano, il palmo aperto, in attesa.
La Suntina si strappò con rabbia dal collo una chiave.
Lui la prese.

Prima di uscire, riservò un'occhiata a Liliana.
Solo a lei.
Strabocchevole di pena.

Lo videro accostarsi all'auto del notaio.
Salirvi.
L'automezzo si avviò affrontando il buio della notte.
Lontano, sul mare, i prodromi dell'aurora.

Liliana, seduta al tavolo della saletta, il mento appoggiato a una mano, sentiva gli occhi chiudersi nello sterminato biancore del sole di mezzogiorno.

All'improvviso ebbe un sussulto.

Udì il rombo di un'auto che si avvicinava, uno sportello aprirsi per poi richiudersi, l'auto che ripartiva, l'uscio della masseria girare sui cardini.

I passi dell'artificiere si avvicinavano pesanti.

Lo vide comparire nel vano della porta.

Il volto smunto, lo sguardo spento.

«Non siete andata a letto?»

«È tremendo...» sussurrò lei.

Non riuscì a dire altro, nient'altro, prima che lui scomparisse oltre il battente.

Nino, pieno di timore, sospinse la porta.

La stanza di Giordano era in penombra. Solo da alcune fessure delle imposte penetrava qualche lama di luce.

L'artificiere era disteso sul letto, immobile.

Il ragazzo si fece coraggio e si avvicinò.

«Voi adesso pensate di me il peggio... lo so... inutile che

cerchi di farvi cambiare idea...» diceva il nipote. «Ma io questi soldi ve li rendo tutti... uno per uno... e con gli interessi... lo giuro... sulla memoria di mio padre...»

Giordano fissava il soffitto.

«... Adesso magari state male pensando di averli persi... e non sapete che invece vi sto facendo fare l'affare della vostra vita... e quel porco che mi voleva denunciare... non lo sa quante volte dovrà pentirsene e chiedervi scusa...»

Nino tacque, in attesa di una reazione da parte di Giordano che non venne.

«Adesso debbo andare... per certi appuntamenti di lavoro... ma torno... ve lo prometto che torno...» disse riguadagnando l'uscita.

«Preferite la porta chiusa o aperta?» domandò.

Ma l'artificiere non gli rispose.

Nino, il gomito fuori dal finestrino, guidava la vettura rubata in modo spericolato.

Seduto di fianco a lui, il divo Enzo Fiermonte.

Aspiravano entrambi ampie boccate di fumo cantando all'unisono una canzonetta in voga.

Quando all'improvviso si palesò sul fondo della strada un posto di blocco, Nino sbiancò.

Furono costretti a fermarsi.

«Documenti» ingiunse loro uno dei due carabinieri avvicinandosi. Indossava una divisa coperta di polvere e aveva occhi febbricitanti.

«Quali documenti?» domandò Nino terrorizzato.

«Dell'autoveicolo... se è di vostra proprietà...»

«Certo... e di chi è?» balbettò il ragazzo. «Solo che i documenti sono rimasti a...»

«A...?» domandava insospettito il militare.

Fortunatamente il divo fu pronto a intervenire.

«Scusate, maresciallo, garantisco io...»

«E voi chi sareste, scusate?» domandò il graduato con un sorriso sarcastico.

«*Spie fra le eliche*...? Vi ricorda niente?»

«Il film?»

«Quello...»

Il maresciallo fece mezzo passo indietro, socchiuse gli occhi, fissando Fiermonte al colmo della concentrazione.

L'attore gli rivolse il più smagliante fra tutti i suoi possibili sorrisi.

Fu allora che il maresciallo venne folgorato dall'emozione.

«Patrignani!» urlò. «Cammina, Patrignani... guarda chi c'abbiamo qui!»

Il militare che lo raggiunse non ebbe bisogno di suggerimento alcuno.

«Enzo Fiermonte... mamma mia... Enzo Fiermonte!» ripeteva con sacralità e sgomento.

«Lui» confermò il maresciallo.

«Se volete un autografo, sbrigatevi...» suggerì ai due l'attore «ci attendono per firmare un importantissimo contratto a Peschici centro...»

«Figuratevi, Enzo Fiermonte... figuratevi...» ripeteva il maresciallo in totale adorazione.

«A disposizione...» ripeteva l'altro. «E adesso a casa chi ci crede a noi?» si domandava perplesso

Liliana si protese verso l'interno della stanza di Giordano senza trovare il coraggio per entrarvi.

Cercò di orientarsi nella fitta penombra, e solo dopo qualche istante lo intravide finalmente, immobile, disteso sul letto.

«Avevano ragione le vostre zie...» disse. «Siamo tornati per farvi ancora del male... forse più della prima volta... per portarvi il demonio in questa casa...»

Lui taceva.

«Volevo dirvi che capisco quello che provate... e che fa stare male anche me...» disse. «Volevo anche dirvi che siete la persona migliore fra tutte quelle che ho conosciuto nella mia vita... e che...» ma si interruppe come alla ricerca delle parole più appropriate «è che... non lo so... se è ancora valida quella cosa... la mia risposta è va bene... senza dover aspettare che le canne diventino gialle... va bene... tutto qua... va bene...»

Parecchi minuti di silenzio trascorsero prima che Liliana si ritraesse, scomparendo nel corridoio.

Giordano udì i passi di lei che si allontanavano. Li seguì tutti, con l'udito, a uno a uno, fino a quando non divennero impercettibili, annegati nel silenzio.

I suoi occhi erano come impregnati di luce.

«Sono il più contento di tutti i contenti...» farfugliò lui entrando nella camera da letto di lei.

Era ripulito e sbarbato e sorrideva.

Liliana lo guardava tacendo.

«... Avrei pensato al 18 di settembre... di settembre... che è il compleanno del mio amico Tolomei... se è ancora vivo... il suo compleanno è o sarà...»

«Come volete» rispose lei remissiva.

«Avrei un'altra domanda... un po' intima... un po'...» aggiunse controllando a fatica il suo stato di palese inquietudine.

«Quale?»

«Visto che voi il marito ce l'avete già avuto prima... no?»

«Sì.»
«Non lo so se si deve aspettare... un'altra volta il matrimonio con il prete... o se si può andare a letto subito... se si può andarci da subito subito...»
Lei lo fissò esterrefatta.
«Ma voi per matrimonio intendete che volete fare anche quella cosa lì?»
«Pensavo...» bofonchiò lui in crisi di sicurezza.
«Ah» replicò lei deglutendo.
«Voi invece... come lo pensavate, come... il nostro matrimonio... come?»
«Non lo so» rispose lei in difficoltà. «Ma proprio quella cosa lì... anche per rispetto a vostro fratello...»
Lui cercò di adeguarsi a una diversa prospettiva.
«Non vi vedo neanche un po' nuda... non ci tocchiamo neanche un poco fra noi...? Cosa facciamo in tutto il matrimonio... cosa...? Facciamo cosa?»
«Tutto quello che fanno gli sposi... li avrete visti, no... o preferite che me ne vada... che riparta... per intestardirvi su una stupidaggine così... volete che vada via?»
Lui non rispose subito. Fissava i mattoni sconnessi del pavimento.
«Allora, cosa volete che faccia?» insisteva Liliana.
«Restate...» le rispose lui in un soffio.
Lei recuperò il sorriso sulle labbra e nel cuore.
«Gli altri mica debbono saperlo...» disse. «Mica sono con noi la notte... giusto?»
«Sì» convenne lui cercando di persuadersi.
«Se a noi ci piace così... scusate, eh...»
«Certo...»
«Io mica dormo qui da sola... dormo qui con voi...»
Lui la fissava memorizzando le nuove regole.

«Solo che non vi dovete avvicinare... come se lì in mezzo ci fosse la muraglia cinese...»

Lui guardò il letto immaginando quell'inespugnabile baluardo.

«Vi fa ridere, eh?»

«Un poco» rispose lui, che era rimasto serio. «Ma se cambiate idea, posso?» ipotizzò lui.

«Come, se cambio idea?»

«Insomma... se fra un po'... tre mesi... ma anche tre anni... cambiate idea... fra tre... e mi fate capire che non vi dispiace... posso... se non vi dispiace...»

«Cosa?»

«Avvicinarmi un poco... oltre la muraglia... in quel caso... avvicinarmi... posso farlo?»

Lei lo guardò diffidente.

«Ma voi chiedete sempre...»

«Io chiedo... ma se voi rispondete di sì... io lo faccio... io...»

«Solo se rispondo di sì...»

«Solo se rispondete di sì... io...»

«Ma è difficilissimo che lo dica...» concluse lei ormai prossima alle nozze.

Si sposarono il 18 settembre, il giorno del compleanno di Tolomei, nella cappella contigua alla stalla.

L'unica clausola per ottenere la riappacificazione piena fra tutte le donne della famiglia fu quella imposta dalle zie, che Liliana fosse sottoposta a un esorcismo da parte del parroco di Fasano.

Il rito avvenne nella sagrestia della chiesa dove le tre donne si recarono affittando un'auto di piazza.

Il sacerdote, accanito tabagista, per soddisfare le attese delle zie ammise di aver notato nelle reazioni alle formule del rituale, da parte della vedova bolognese, un qualche, seppur impercettibile, sintomo di possessione, ma del tipo buono, assolutamente non recidivante.

«Vi sentirete bene adesso» le diceva soddisfatta la Suntina rientrando verso casa sull'auto di piazza.

«Sì» rispose Liliana.

«E tenetela lontana da voi d'ora innanzi quella bestiaccia là...» le raccomandò l'Eugenia che era seduta di fianco all'autista.

«Sì» promise la vedova guardando l'effetto della luce dei fanali dell'auto sui tronchi degli alberi che costeggiavano la strada.

Si sposarono il 18 di settembre.

Il prete aveva portato due chierici, uno decrepito e uno bambino.

Gli ospiti erano otto, cinque donne e tre uomini, più le zie, gli sposi e Nino, che si atteggiava già a cineasta e fotografava tutti dal basso, nello stile americano di Hollywood.

Tolomei, che compiva gli anni senza saperlo, giaceva su una carrozzella sospinta da un infermiere del Comune. Giordano lo aveva voluto accanto a sé come testimone. «Anche se il dottore gli ha dato pochi giorni di vita» come ripeteva a tutti il suo accompagnatore.

Durante la cerimonia Ugo di Dante eseguì sulla sua fisarmonica di madreperla l'*Ave Maria* di Schubert e *Bandiera rossa*, che furono rispettivamente applaudite e fischiate dal prete.

Sia Liliana che l'artificiere risposero di sì al sacerdote che domandava loro se avessero voluto condividere il futuro che avevano innanzi.

Al termine della celebrazione le zie furono le prime a baciare la sposa.

«Siete tornata bella come quando eravate bambina...» le sussurravano. «Era quella bestiaccia...»

«Possiamo morire tranquille... adesso...» ripetevano abbracciandola, e Liliana fu felice.

La gioia di tutti fu immortalata da una serie di fotografie che Nino scattò con fantasia e cattivo gusto.

Il pranzo di nozze fu semplice.

Una tavola apparecchiata dietro casa.

«Ecco le bomboniere... ne potete prendere tre... ma anche cinque a testa... quante ne volete... quante...» diceva Giordano raggiante.

Ugo di Dante cantava una canzone e Liliana avvertì più volte su di sé il suo sguardo misterioso e penetrante.

«Mangia solo ortiche e ha avuto tutte le donne che ha voluto...» sussurrava di lui una commensale.

«Come ha fatto?» domandò Liliana.

La donna, per risponderle, le si avvicinò in modo complice.

«Perché le accontenta tutte...» le confidò.

«E voi come lo sapete?»

«Lo so...» negli occhi della donna c'era la luce di chi non inventa.

«Spostare i tavoli per il ballo!» ordinò il prete che fumava come un disperato.

«Io vado a cambiarmi...» disse Liliana al consorte.

Allontanandosi, avvertì ancora una volta su di sé lo sguardo del misterioso fisarmonicista vegetariano.

Si stava liberando del semplice abito nuziale quando si girò verso la porta avvertendo la presenza di qualcuno.

«Chi vi ha permesso di entrare?» domandò spaventata.

«Non ho mai conosciuto biblicamente una bolognese...» si giustificava il fisarmonicista richiudendo la porta a chiave.

Liliana lo fissava esterrefatta.

«Ma non potete stare qui...»

«Non mi ha visto nessuno... sono tutti a smontare i tavoli e a portare via le sedie per il ballo...» diceva Ugo di Dante fissandola con il suo sguardo ipnotico.

«Possiamo fare in fretta...» aggiunse.

«Cosa?» domandò lei terrorizzata, cercando di coprirsi.

«Non vi dovete sentire in colpa... una che sposa uno così non si deve sentire in colpa... anzi...» la fissava con quegli occhi che evocavano il verde più misterioso, profondo, inestricabile dei boschi.

«Ma siete pazzo... guardate che se vi avvicinate ancora urlo!»

«È una cosa solo fra noi...» le sussurrava lui che aveva abbassato di una quinta il tono della voce. «Non lo saprà mai nessuno e poi io sparisco... via, per sempre... non ci sarò mai più nella vostra vita né voi nella mia... ma dopo...» tacque.

«Dopo?»

«Dopo avrete qualcosa di vostro da ricordare.»

Lei taceva adesso, ammaliata dal suono di quella voce, da quella presenza, da quel forte, inebriante profumo di erbe.

«Anche voi avrete diritto a un vostro piccolo segreto... da ricordare... solo vostro... no?»

Lei, confusa, cedette.

Era in sottoveste bianca e si lasciò sospingere verso il grande letto nuziale.

«Avete almeno chiuso a chiave?» bisbigliò la sposa.
«Certo» la rassicurò lui baciandola sul collo.
«Ma non è vero che mangiate solo ortiche...» le chiedeva lei.
«È verissimo...» le bisbigliò lui nell'orecchio.
«Ma vi ho visto mangiare le orecchiette...» obiettò lei.
«Un'eccezione... per voi...» disse Ugo di Dante facendola interamente sua.

Per il ballo non fu facile formare le coppie e ci fu qualche uomo che ballò con qualche uomo mentre Nino fece coppia fissa con la Suntina e l'Eugenia non rimediò un cavaliere.

Ugo di Dante suonò un valzer lento, adatto agli ulivi e al cielo mentre annottava.

«Dobbiamo ballare» disse Giordano alla sua sposa.

«Va bene» rispose lei.

Fu così che si alzarono e si trovarono al centro della pista a girare su loro stessi, con passi incerti, fuori tempo, mentre sia il prete che il chierico bambino si fumavano una sigaretta dietro l'altra.

«Cos'avete?» domandò la sposa allo sposo.

«Niente» rispose lui.

«Siete strano.»

«È che qui in Puglia gli uomini, quando ballano, sono strani...»

«Perché?»

«Perché pensano...»

Liliana lo guardava senza capire.

«Pensano?» domandò.

«Sì, pensano» confermò lui, fissando il nulla davanti a sé.

«E come lo sapete?»

«All'ospedale insegnano tante cose...»

«Perché, vi facevano ballare?»

«Con le suore, di nascosto... con le...»

«E voi a cosa pensavate?»

«A tante cose... a tutta l'acqua che sta dentro le nuvole... e che ci sta bene... questo è un pensiero, no?» disse lui, facendo compiere alla sua sposa l'ennesima insulsa giravolta.

La festa si era conclusa.

Le zie e Liliana stavano recuperando dalle tavole apparecchiate nell'aia le tovaglie.

Giordano, aiutato da Nino, si occupava delle stoviglie quando due grandi camion apparvero sulla strada.

I cassoni coperti da teloni con la scritta CINEMATOGRAFO, incerta, slavata dalla pioggia.

«Sono loro...» disse Nino, e aveva malinconia e gioia nella voce.

«Sono già qui?» chiese la madre spaventata.

«Joe!» urlava Enzo Fiermonte, sceso da uno dei camion, dentro un megafono di latta.

«Ma chi chiama?» chiese l'Eugenia.

«Per il cinema ho cambiato nome...» rivelò il ragazzo con orgoglio. «Mi chiamo Joe Gordon...»

«È tardi!» gridava il cineasta in sahariana.

«È tardi» ripeté il ragazzo.

La madre lo fissò, ed era prossima alle lacrime.

«Ciao, mamma...» le disse Nino tirandola a sé, dentro il suo forte abbraccio.

«Stai attento... mi raccomando... non fare sciocchezze...»

«No... mamma... lo sai che ti puoi fidare...» le disse lui.

«Ciao, zie, e ve lo prometto che la prossima volta mi faccio esorcizzare anch'io...»

«Sarà meglio...» disse la Suntina scettica.

L'artificiere si teneva a poca distanza fissandolo con un'espressione indefinibile.

«Be'... grazie... davvero... per tutto quanto...» Nino gli si era avvicinato. «Lo so che potevo comportarmi meglio...» ammise «ma anche peggio...»

«Meglio di sicuro...» disse Giordano sorridendogli.

«Ciao, zio...»

«Ciao, Joe...» farfugliò l'artificiere.

«Grazie...» aggiunse Nino abbracciandolo forte.

Liliana si asciugò gli occhi nella sottana mentre Joe Gordon correva via verso quei camion pieni di riflettori, di pellicola, di legname, di uomini e donne.

Giordano e Liliana, immobili, lo videro raggiungere la troupe, spartire abbracci prima di salire a bordo.

I due grandi autocarri si mossero infine, scomparendo dove la strada era occultata dagli alberi.

Era ormai buio.

Lui e lei, soli, indugiavano sul confine del campo.

«Qui ci viveva una bambina bella...» raccontava lui con la sua voce arrochita «una sera ha preso una bicicletta e faceva dei giri grandi... quando è passata sul campo dei meloni si è sentito come un tuono e tutta la casa ha tremato... e c'è stata una grande luce... e quella bambina non c'è più stata... per sempre...»

«Una bomba?» domandò Liliana.

«Quando sentite un'esplosione... anche la più lontana... è quasi sempre un bambino» disse lui.

Nella grande stanza matrimoniale.

Lui, dalla sua parte del letto, si stava liberando dei pantaloni.

«Per me è la prima notte di nozze... la prima» farfugliava. «Per voi no...»

«È la seconda...» disse lei con dolcezza, infilandosi sotto le lenzuola.

Giordano soffiò sul lume prima di coricarsi immergendo la grande stanza nella penombra.

«Buonanotte» disse la sposa dandogli la schiena. «E ricordatevi di quello che ci siamo detti... della promessa...»

Lui era come ipnotizzato da quella sfilacciatura di luce che rischiarava il soffitto.

«Io non vi tocco... ma se me lo dite voi... se mi dite che posso... lo faccio... se posso...»

«Solo se vi dico che potete...»

«Solo se me lo dite...»

«È una promessa...»

«È una promessa...»

Un silenzio profondo in tutta la casa.

«Quando volete dirmelo... io sono qua... Vi ascolto» sussurrò lui.

Ma non ebbe risposta.

«Dormite già?» bisbigliò.

Ma non ebbe risposta.

La finestra era spalancata sulla notte delle stelle d'agosto.

La fettuccia di chiarore sul soffitto era prossima a dileguarsi.

Lei si girò all'improvviso, con tutto il suo corpo, dalla sua parte, e lui la avvertì vicinissima.

Non seppe dirsi se quel contatto fosse dettato dalla ricerca di una posizione più confortevole o dalla risposta che attendeva ai suoi struggimenti.

Ma l'aveva comunque vicinissima, come mai aveva avuto un essere umano vicino nella sua vita.

Il resto sarebbe accaduto.

Fuori la luna grande, la masseria grande, il cielo grande, il mare grande.

Il tempo grande nella vita di Giordano Ricci e della sua sposa.

«La seconda notte di nozze»
di Pupi Avati
Piccola Biblioteca Oscar
Arnoldo Mondadori Editore

Questo volume è stato stampato
presso Mondadori Printing S.p.A.
Stabilimento NSM – Cles (TN)
Stampato in Italia. Printed in Italy